KB021206

가서 살든지, 아니면 머무르다가 죽든지 하련다.

셰익스피어

세상의 용도

세상의 용도 03

지은이 | 니콜라 부비에
옮긴이 | 이재형

초판 펴낸날 | 2018년 6월 30일
펴낸이 | 김남기

표지 · 본문 디자인 | 소나무와 민들레

펴낸곳 | 소동
등록 | 2002년 1월 14일(제19-0170)
주소 | 경기도 파주시 돌곶이길 178-23
전화 | 031 · 955 · 6202 070 · 7796 · 6202
팩스 | 031 · 955 · 6206
홈페이지 | http://www.sodongbook.com
전자우편 | sodongbook@naver.com

ISBN 978-89-94750-27-9 (04860)
ISBN 978-89-94750-24-8 (04860)(세트)

이 도서의 국립중앙도서관 출판예정도서목록(CIP)은 서지정보유통지원시스템 홈페이지(http://seoji.nl.go.kr)와 국가자료공동목록시스템(http://www.nl.go.kr/kolisnet)에서 이용하실 수 있습니다.(CIP제어번호: CIP2018018085)

세상의 용도

파키스탄·아프가니스탄

03

세계는 잔물결을 일으키며 당신을 통과하고,
당신은 잠시 물색깔을 띄게 된다

지은이 니콜라 부비에

옮긴이 이재형

소동

| 목차

그는 아시아를 사랑했고, '몹시 걱정스러운 근심거리'가 없는 사람들은 결코 알지 못할, 심오하고 씁쓸한 즐거움을 맛보기 위해 값비싼 대가를 치러야만 했다.

여행은 나선처럼
그 자체 위를 지나간다

여덟 번째 이야기 사키바 주변에서

일러두기

이 책의 저자들은 1950년대에 스위스를 출발하여 인도 여행길에 올랐습니다.
지금과 국경선, 국제정세 등이 많이 다르기에 한국어판은 각주, 지도(186쪽)를 넣었습니다.

글쓴이 주와 옮긴이 주는 본문 중에 나오며(괄호 처리), 각주는 편집자 주입니다.
각주에서 출처가 따로 표시되지 않은 것은 위키백과를 참고했습니다.

퀘타[52]

동틀 녘에 본 표지판에 "여기서부터는 아스팔트가 깔린 도로입니다"라고 쓰여 있었다. 이제는 고생이 끝났나 보다 했으나, 누슈키[51]를 지나서부터 온통 먼지투성이에 가파르기 짝이 없는 비탈로 이루어진 고개가 시작되는 바람에 굄목을 받쳐가며 1미터씩 전진해야 했고, 그래서 우리는 흥분제를 복용할 수밖에 없었다. 정오에 퀘타 성문을 통과했다. 사막 대신 흰 포플러나무와 가시나무에 둘러싸인 정사각형의 멜론 화단이 나타났다. 거대한 유칼립투스 가지들이 이리저리 흔들리는 가운데 비포장도로는 포장도로로, 그리고 이어서 가로수 길로 바뀌었다. 이 도시는 서늘한 그늘과, 수레에 맨 회색 물소, 파수막과 구리로 만든 대포가 양쪽에 위치한 빅토리아풍의 성문 몇 개, 터번을 쓴 풍채 좋은 노인들이 기름을 잘 쳐서 소리가 거의 안 나는 멋진 자전거를 타고 돌아다니는 모래 덮인 골목길 들을 간격을 두고 띄엄띄엄 우리 주변에 배치했다. 인구가 별로 많지 않고 꿈처럼 덧없어 보이는 이 도시에는 휴식과 연기처럼 가벼운 싸구려 물건과 과즙이 풍부한 과일이 넘쳐났다. 우리의 도착도 가벼웠다. 우리 둘을 합쳐봤자 100킬로그램도 채 나가지 않았던 것이다. 혹시 잠이 들어버릴까 봐 살을 꼬집었다. 약효가 서서히 사라져가면서 일종의 밤이 낮의 한가운데로 퍼져나갔다.

석회를 바르고, 웨딩케이크처럼 모양이 구부러진, 100년은 되어 보이는 뽕나무 주위에 지어놓은 작은 스테이션뷰 호텔은 딱 우리가 원하는 호텔이었다. 아스트라한산産 모직 모자를 쓰고 무슨 성상聖像만큼이나 얼굴색이 짙은 주인은 작은 안뜰로 통하는 입구의 돋을무늬 세공이 된 놋쇠 금전등록기 뒤에 자리잡고 있었다. 이 금전등록기에서 나는 딸랑딸랑 소리가 수탉보다 먼저 우리를 잠에서 깨웠다. 작은 객실은 기초적인 시설(수도꼭지 하나, 축축한 땅바닥에 뚫어놓은 구멍 하나)만 갖추어진 화장실 옆에 있었다. 옛 인도의 유물인 이 화장실의 거대한 의자식 변기(팔걸이가 반들반들 윤이 나고 부드럽게 반짝이는) 앞에 나무통을 갖다놓고 그 안에서 몸을 씻는 것이다.

테라스 겸 지붕도 있어서 도착한 날 저녁에는 이곳 식탁에 앉았다. 우리는 정말로 한 도시에 도착했고, 그날 밤 이곳에 우리의 침대가 준비되었다. 위스키가 동정의 물결을 이루며 우리들 위로 쏟아졌다. 우리에게 내려졌던 루트 사막의 저주는 풀린 듯했다. 침대 위에 책상다리를 하고 앉은 손님 두 명이 각자의 모기장 안에서 이따금씩 조심스럽게 이야기를 나누었고 안뜰에서는 오디가 굴러 떨어지는 소리가 들려왔다. 우리는 나른한 행복감에 취해 침묵을 지켰다. 잔가지들이 여기저기서 와삭거렸다. 세상이 나무들로 가득 차 있었다.

티에리가 말했다.

"식탁은 자네가 쓰게. 난 욕실에서 그림이나 그릴 테니."

하지만 나는 글을 쓰려고 서두르지 않았다. 앞으로 며칠 동안은 '퀘타에 도착했다'는 사실이 내 일을 대신할 테니 말이다.

카불[58]에서 내려온 매우 유명한 성자 한 사람 때문에 호텔은 뒤죽박죽이었다. 방과 복도가 신자들로 발 디딜 틈이 없을 정도였다. 아침식사가 끝나자마자 식당은 작은 예배당으로 바뀌었고, 여기서 뮐러는 영어판 삽화 잡지더미와 급히 내온 설탕절임 과일 사이에 앉아 신자들을 맞이했다. 외출복을 차려입은 신자들이 그의 손에 입을 맞추고, 그로부터 축복받고 치료받고 조언

카불 아프가니스탄의 수도. 카이바르 고개의 기슭에 있으며, 카불 강이 흐른다. 고대부터 문명의 십자로였다.

을 얻기 위해 몇 시간씩 줄을 서서 기다렸다. 웃음소리, 라이터를 찰카닥거리는 소리, 계속해서 코란을 암송하는 소리, 병 안의 탄산수가 부글거리다가 가라앉는 소리(차를 실컷 마셔서 배가 불룩한데도 우리는 아직 목이 말랐다)가 들려왔다. 사막을 지나와서 이렇게 사교적인 소리들을 들으니 문득 현기증이 일었다. 우리는 도시생활을 조심스럽게 다시 시작해야만 했다.

스테이션뷰 호텔 입구 맞은편에는 건장한 걸인 한 사람이 플라타너스 그늘 아래 신문지를 깔고(이 신문지는 매일 아침 바뀌었다) 드러누워있었다. 하루 종일 잠을 자는 건 매우 힘든 일이었다. 잠 전문가로서 오랜 경력을 쌓았으면서도 우리의 이 이웃은 웬만한 사람은 살아생전에 발견하지 못할 이상적인 자세를 아직까지도 찾고 있었다. 그는 기온의 변화라든지 파리가 있는지 없는지를 봐가면서 젖 먹는 자세라든지 높이뛰기 자세, 유대인 박해 자세, 사랑을 나누는 자세 등을 연상시키는 여러 가지 변형된 자세들을 차례차례 실험해 보았다. 잠에서 깨어나면 그는 이란의 걸인들이 취하는 예의 그 초췌하고 예언자적인 태도 없이 정중한 인물로 변했다. 이곳에는 빈곤이 거의 존재하지 않는다. 삶을 한 줌의 재보다도 더 가볍고 더 순수하게 만들어주는 검소함이 존재할 뿐이다.

문 오른쪽에 있는 과일 노점 앞에는 홀라당 벌거벗은 소년이 벽에 고정된 고리에 발이 묶여 있었다. 그는 자신을 묶어놓은 밧줄을 잡아당기며 콧노래를 부르기도 하고, 먼지 속에 이런저런 모양을 그리기도 하고, 옥수수 줄기를 조금씩 갉아먹거나 가게 주인이 불을 붙여 물려준 담배를 피우기도 했다. 호텔 주인이 내게 말했다.

"무슨 잘못을 해서 벌을 받는 게 아니라 미쳐서 저러는 겁니다. 풀어주면 도망쳐서 굶으니까 하루는 이 집에, 또 하루는 저 집에 저렇게 묶어두는 거지요. 그렇게 해야 안 잃어버리니까 말입니다. 합리적이죠, 안 그래요?"

루트 사막을 건너며 쌓인 피로는 아직 말끔히 사라지지 않았다. 그래서 어디를 가든 우리는 잠만 잤다. 이발소에서도 잤고, 우체국에 가서는 창구에 기댄 채 잠을 잤고, 여기서 택시를 대신하는 낮은 노란색 마차를 타고 가면서도 잤다. 작은 크리스탈 극장 안에서는 등나무로 만들어진 좌석에 앉아 옆에 앉은 관객들의 부채질을 받아가며 찻잔이 놓인 받침접시를 무릎 위에 올려놓은 채 꾸벅꾸벅 졸았고, 성능이 떨어지는 영사기 때문에 더 어둡고 더 아름다워 보이는 엘리자베스 테일러는 그동안 사랑에 눈을 떠갔다. 종일 그러던 우리는 막상 밤이 되자 잠을 자려고 애써야 했다. 기어를 2단에 놓은 끔찍한 엔진 소리가 시트를 눈까지 끌어올린 우리의 귀를 가득 메웠고, 우리는 아침이 될 때까지 사막을 건넜다. 녹초가 된 우리는 벌써부터 해가 쨍쨍 내리쬐는 도시를 늘어지게 하품을 하며 어정버정 걸어 다녔다.

1935년 5월 31일, 지진이 이 도시를 완전히 초토화시키면서 주민의 3분의 1이 목숨을 잃었다. 하지만 나무들은 잘 버텨냈고, 이곳의 물과 그늘은 광장을 만들어내기에 충분하다. 퀘타 사람들은 다시는 이런 일을 겪지 않으리라고 단호하게 결심하고, 그 나머지를 다시 건설했다. 기초공사도 하지 않고 석재도 쓰지 않았다. 짚을 가득 채우고 벽토를 바른 벽, 우아하게 배열된 목재, 돗자리, 양철통, 색깔이 바랜 양탄자. 발루치족이 모여 사는 동네의 노점들은 너무나 좁고 금방이라도 무너질 것처럼 부실해서, 건장한 남자라면 등에 짊어지고 다닐 수 있을 정도다. 심지어 이 도시의 중추랄 수 있는 '현대적'인 진나 거리는 단층짜리 건물들과 니스 칠을 한 나무로 된 그 건물들의 정면이 함께 떠다니는 것처럼 보일 정도다. 밤새 만들어놓은 서부영화의 배경처럼 보이기도 한다. 오직 키 큰 나무들과 작은 안뜰의 두엄 위에 기대어진 호박들, 그린들레이즈 은행의 청동 문만이 어느 정도 영속적이고 진지하게 보였다. 콘플레이크, 행복하세요, 스모크 캡스탄, 좌측통행, 데드 슬로우 등 넘쳐나는 공고公告와 간판, 엉뚱한 명령과 광고가 이 소박한 도시생활을 숨막히게 만들었다. 아닐린 물감으로 휘갈겨 쓴 이러한 수사修辭에도 불구하고 도시는 전혀 무게가 나가지 않았다. 고착이 이루어지지 않은 것이다. 바람이라도 세차게 불면 이 도시는 날아가버릴지도 몰랐다. 바로 이 도시의 허약함이 매력을 발산하는 것이다.

퀘타. 해발 1800미터. 인구 8만 명. 낙타 2만 마리.

서쪽으로 800킬로미터 떨어진 철로 끝에는 페르시아가 모래망토를 걸치고 잠자고 있다. 페르시아는 세계의 반대쪽 비탈이며, 이곳에서는 아무 것도(밀수를 제외하고는) 페르시아를 상기시키지 않는다.

도시 북부의 좁은 군용도로는 경작지대를 통과한 다음 건조한 평원으로 접어들었다가 코자크 고개와 퀘타 인근의 부족[53]들이 여름 방목지를 가지고 있는 아프가니스탄 국경의 산악지대까지 오르막을 이루며 올라간다. 국경에서 칸다하르까지의[55] 비포장도로는 상태가 아주 좋았지만 실제로 다니는 차는 거의 없었으며, 차만 세관은 시간 말고는 전혀 아무것도 지나갈 수 없는 한증막이었다.

북동쪽으로는 철로의 지선을 통해 와지리스탄 산맥 기슭의 포트산데만까지 갈 수 있다. 이곳에 사는 파탄족은 전 국경에서 가장 완고하고, 극도로 공격적이고, 약탈의 전문가이며, 툭하면 약속을 깨기 때문에 주변 부족들은 그들에게 이슬람교도의 자격을 부여하는 것에 일제히 반대했고, 그들이 더 이상 유리한 입장이 아니라는 사실을 납득시키기 위해서 열네 차례에 걸친 토

포트산데만 지금의 파키스탄 이름은 조브. 영국 신민지였던 1889년부터 1970년대까지 영국 장군이었던 로버트 샌디먼의 이름을 따서 포트산데만이라고 불렸다.
파탄족 아프가니스탄 국민의 대부분을 구성하는 수니파 이슬람을 믿는 아리안계 민족. 전통생활을 고수하고 용맹성을 중요하게 여긴다. 아프간족이라고도 한다.

벌전을 벌여야 했다.

　마지막으로 남쪽으로는 상태가 좋지 않은 도로를 따라 난 간선도로가 볼란 고개를 지나 인더스 평원과 카라치로 내려가 는데, 볼란 고개는 이동목축기가 되면 추위로 벌벌 떨며 따뜻한 날씨와 가을 풀을 향해 몰려가는 엄청난 숫자의 양 떼로 몹시 혼잡해진다.

　자, 이제 이 도시의 동서남북에 무엇이 있는지 다 말했다. 그곳들은 멀리 떨어져 있다. 이 사방은 공간적으로만 존재할 뿐, 제2제정기의 장난감처럼 생긴 기차역과 모래에 파묻혀 모기들 만 들끓는 운하, 높고 날카로운 백파이프 소리가 아침을 알리는 군軍 주둔지들 사이에서 홀로 살아가는 이 도시에는 영향을 미 치지 않는다.

　우리는 람잔 정비소의 분해된 트럭 사이에서 열 시간 동안 작업한 끝에 결국 우리 차의 엔진을 제자리에 돌려놓았다. 날이 어두워졌다. 이웃 찻집의 소년이 더러운 찻잔들을 회수해가기 위해 잭(자동차 같은 무거운 물체를 들어올리는 도구 – 옮긴이 주) 사이 를 돌아다녔다. 그가 찻잔을 다 찾아내자 정비사들이 그 아이를 붙들어서는 무슨 공이라도 되듯 다정하게 툭툭 치며 서로에게 밀어냈다. 그러고 나서 그들은 정수리에 우스꽝스러운 모양의 작은 수가 놓여진 모자를 쓰고 가죽신발을 질질 끌며 붉은색 면지를 구름처럼 일으키고 안뜰을 떠났다. 우리는 머리에 더러운 기름을 묻힌 채 차체 밑에서 모습을 드러냈고, 야간 경비원은 얼굴과 손에 묻은 때를 닦으라며 석유에 흠뻑 젖은 걸레를 우리에게 내밀었다(엔진을 곧바로 돌려보지는 않았다. 우리의 행운을 과신하고 싶지 않아서였다. 엔진은 내일이 되면 더 잘 돌아갈 것이다).

람잔 사히브는 유리가 끼워진 창구 안에서 꾸며낸 목소리로 흥얼거리며 영수증을 분류하고 있었다. 그는 피치만큼이나 검은 거한으로, 장밋빛 손바닥과 사자의 갈기를 연상시키는 머리털, 균형 잡힌 멋진 용모의 소유자였다. 단단한 청동판을 누가 과자를 자르듯 쑥쑥 자르는 탁월한 실력의 정비사에다, 재력을 갖춘 인물이기도 했다. '카이바르 파스 메카니컬 숍Khyber Pass Mechanical Shop'(석유통으로 만든 창고와 작은 마당, 기중기 한 대)이라는 그 위풍당당한 상호에 어울릴 만했다. 람잔과 그의 정비사들은 뭐든지 다 수리할 수 있어서, 반경 400킬로미터 안에서는 경쟁자가 없었다. 아프가니스탄과 포트산데만, 시비에서까지 고장 난 자동차를 그의 정비소로 보냈고, 이 차들은 부활하기 위해서 고개를 넘는 데 마지막으로 남은 힘을 썼다.

기계를 다시 팔겠다는 생각 없이 완전히 망가질 때까지 사용하는 이곳의 정비사들은 우리나라에서라면 '고물 자동차'의

제2제정기 나폴레옹 3세 통치기의 프랑스. 1852~1870.

주인을 부끄럽게 만들어 새 차를 사게 만드는 당황스럽거나 경멸스런 제스처를 모른다. 그들은 장인匠人이지 세일즈맨이 아닌 것이다. 깨진 실린더 헤드, 산산조각 난 캠축, 강철가루 같은 것이 가득 찬 기름통. 그들은 이 정도로는 눈 하나 깜짝하지 않는다. 그들은 멀쩡한 부품들(헤드라이트, 닫히는 문, 견고한 차체)에 먼저 주목한다. 나머지 부품들로 말하자면, 그것들을 고치기 위해 자기들이 거기에 있는 것이다. 그들은 고철덩어리에 불과해 보이는 고물 자동차들을 분해한 다음 트럭에서 떼어낸 부품들로 보강하여 무적의 장갑차로 바꿔놓는다. 그들이 임시변통으로 이런 작업을 하는 걸 보면 참으로 감탄스럽다. 그들은 단 한 번도 같은 식으로 작업하지 않는다. 조립이 특별히 잘되었다는 생각이 들면 스크루 드라이버를 가지고 자기 이름을 새겨놓기도 한다. 그들은 이런 일을 하면서 지루해하지 않는다. 돈도 잘 번다. 용접을 하고 정비를 하면서 화덕의 숯 위에 토스트를 노릇노릇하게 굽기도 하고, 피스타치오 열매를 까먹고 내뱉은 껍질들이 작업대 위에 수북이 쌓이기도 하고, 펄펄 끓는 찻주전자도 그다지 멀리 있지 않다. 이 정비사들 대부분은 전국 방방곡곡을 돌아다녔던 트럭 운전사 출신들이다. 그들의 집과 그들의 추억, 그들의 사랑은 광활한 지역에 골고루 퍼져 있다. 그래서 그들은 나름대로 식견을 갖추고 웬만한 일에는 껄껄 웃어넘길 줄 알게 되었다. 그들과 함께 일을 하다 보면 친구가 되지 않을 수 없다.

몸을 깨끗이 씻고 나자 루트 사막을 건너며 활력을 잃었던 몸뚱이 안에서 심장이 부풀어오르는 게 느껴졌다. 우리는 연장을 치운 다음 홍등가의 한 찻집에 자리를 잡았다. 우리는 노점상 앞에서 크림빛 찻잔을 무릎 위에 올려놓고 앉아, 저녁기도를 마친 골목길 세 개가 활기를 띠어가는 것을 바라보았다. 모래에 반쯤 덮인 둥근 포석鋪石이 있었고, 노란 설탕과 비누, 은종이 위에 놓인 한 줌의 살구, 운세도運勢圖, 작은 여송연을 파는 찬장만 한 규모의 노점들이 있었다. 몇몇 가냘픈 실루엣들이 붉은색과 황금색 사리를 걸친 몸을 꼿꼿이 세우고 집 앞에서 바람을 쐬고 있었다. 창살을 치고 창구를 뚫어놓은 푸른색 문들도 있어서, 검은색 베일을 두른 젊은 얼굴들이 손님을 기다리는 게 보였다. 이 구멍을 통해 은밀한 대화가 시작되었다가 구혼자를 향해 문이 열리고, 만일 구혼자가 관대함을 베풀고 싶은 기분이면 차 쟁반이나 음악가를 들여보냈다. 닫힌 문 뒤편에서 류트가 음악을 흘려보내자, 사막에서 쇼핑을 하려고 온 온화한 성격의 대도大盜가 들장미를 모자에 꽂고 어슬렁어슬렁 밤의 향기를 맡으며 어두운 입구에서 누가 부르는 대로 이리저리 발걸음을 옮기는, 이 시골풍의 동네 위로 별들이 떠올랐다.

이곳에는 광채도 없고, 서두르는 기색도 없다. 사람들은 쾌락보다는 여유를 찾는다. 나는 네온과 끈적끈적한 포석, 유럽 일부에서 '향연'이라고 부르는 것에 열중하는 방탕아들을 생각했다. 그것은 너절한 인간들을 위한 것이다. 발루치 사람들의 주변에는 너무나 넓은 공간과 너무나 많은 인종들이 있다. 그들과 관련되는 모든 것(심지어는 현금으로 지불하는 사랑까지도)은 어느 정도의 세련됨과 절제를 암시한다.

기계를 만지다 보면 목이 마르다. 마지막 남은 루피로 차와 망고주스, 레몬주스를 사 마셨다. 일년이 지난 《파리-마치》 잡지를 읽으며 세상 돌아가는 소식을 접하고, 눈에 뒤덮인 산악지방을 여행하는 데 필요한 비자 대여섯 개를 등기우편으로 신청했다. 퀘타는 교차로에 위치한 도시였으므로 다음에 어디로 갈지 선택할 수 있었다. 우리는 혀가 얼얼할 만큼 뜨거운 카레라이스를 땀이 이마에서 뚝뚝 떨어질 때까지 게걸스럽게 먹어치운 다음 곧바로 온갖 종류의 과자를 다 주워먹었다. 가을 길에 나서기 전에 잔뜩 먹어서 몸을 만들고, 작아진 그림자를 부풀리고, 모래 위에서 울리는 우리의 발걸음에 귀를 기울일 필요가 있었다. 건강은 돈 같은 것이어서, 그것을 누리기 위해서는 먼저 소비해야 하는 것이다.

스테이션 뷰

호텔 앞에 앉아 크레이프 빵을 파는 사람들이 어깨에 숄을 짊어지고 지나가는 것을 바라보았다. 날카로운 소리가 나는 음계를 부느라 뺨이 잔뜩 부풀어오른 사람들도 지나갔다. 피리를 파는 사람들이었다. 그리고 낙타를 끄는 사람들이 나타나더니 부랴 부랴 낙타들을 매어두고 탐욕스런 표정을 지으며 담배 한 개비를 사러 갔다. 발루치족은 계속해서 나를 즐겁게 해주었다.

《발루치족이 사용하는 페르시아어 연구》에서 발산이 제 안하는 어원에 따르면 '발루치'는 불운을 의미하며, 그들은 이렇게 자신들을 발루치라고 부름으로써 그 불운을 피할 수 있다고 생각한다는 것이다. 마찬가지로 티베트 사람들도 어린아이들에게 옴이라든가 똥, 쓴맛 같은 이름을 붙여주는데, 그것은 젖을 뗄 때까지 아이들을 귀신들로부터 보호하기 위해서다. 이런 식으로 불행을 다루는 태도에는 적잖은 낙관론과 용기가 깃들어있다. 단순한 반어법 사용으로 악마들을 속여 넘기기 위해, 신에게는 일체의 전능을 예정해두고 악마들에게는 통찰력을 거의 부여하지 않는 것이다. 발루치족은 이런 방법으로 매우 큰 성공을 거두었다. 발루치족만큼 불운을 암시할 의향이 없는 민족은 거의 본 적이 없다.

발루치족은 상당한 자신감을 갖고 있다. 그들의 정신적 자유로움은 수염 높이에서 떠도는 미소와, 낡았지만 항상 깨끗한 의복의 주름 속에서 표출된다. 그들은 손님을 극진히 맞이한다. 사람을 귀찮게 하는 경우도 잘 없다. 예를 들면 자동차 바퀴를 갈고 있는 외국인 주변에 떼거리로 모여들어 바보처럼 히죽히죽 웃지 않는다는 것이다. 그러기는커녕, 가서 차와 자두를 가져오고, 통역을 찾아오고, 이것저것 적절한 질문을 퍼붓는다.

그들은 자기 일에 미친 듯이 몰두했을 때가 아니면 언제라도 페르시아 국경을 넘어 밀수품을 운반할 준비가 되어있다. 그들이 샤가이 국경수비대의 정예 순찰대를 유인하기 위해 초록색 불꽃을 쏘아올리는 동안, 신이 지켜보는 가운데 사막의 건너편에서 자루의 임자가 바뀐다.

저녁기도 시간이 되면 이곳의 잔디밭은 각자 자신의 꾸러미를 옆에 두고 엎드린 형체들로 뒤덮인다. 그것은 허풍을 배제하지 않는 열렬한 신앙행위다. 발루치족은 광신의 기미를 보이지 않는 독실한 수니파 이슬람교도들이다. 그들은 족제비만큼이나 호기심이 많아서 같은 종교를 믿는 사람으로서 그리스도를 받아들이고 약간의 관심을 보이며 이런저런 질문을 던진다. 편협함, 코맹맹이 소리, 남의 이목을 끄는 태도, 이런 것들은 그들의 장점이 아니다. 유목민으로서 옥스퍼드를 졸업한 사르다르이거나 아니면 구두장이인 그들은 굳이 딱딱한 의식儀式만 고집하지는 않고 우스꽝스러운 것도 곧잘 받아들인다. 보나파르트 시대에 변장을 하고 이 나라를 돌아다니다가 발루치족에게 정체가 탄로났던 동인도회사의 포틴저 대위는 몇 차례의 어려운 상황에서 그들을 웃김으로써 목숨을 건졌다. 이같은 유쾌함은 주요한 미덕 중의 하나다. 나는 퀘타에서 지체 높으신 노인들이 롤리 자전거에서 떨어졌다가 웃음소리를 듣고 또 다시 쓰러지는 걸(왜냐하면 가게에서 누군가 던진 농담을 듣고 웃음이 터졌기 때문이다) 여러 번 보았다.

'카이바르 파스 메카니컬 숍' 정비소에서 연마했던 3단 기어 톱니바퀴가 테스트를 하자 부서져버렸다. 람잔은 우리를 이 도시에 붙잡아두는 이 손상된 쇳조각을 손 위에서 이리저리 돌려보았다. 이해가 안 간다는 표정이었다. 주둔 부대의 재고품 중에서 빌려온 장갑 철판 위에 놓고 모양을 만들었던 것이다. 그는 자기가 직접 담금질을 하면서 다시 작업하겠다고 제안했으나, 그랬다가는 일주일을 허비하는 건 물론이고, 또 다시 깨질지도 몰랐다. 부품을 주문하기 위해 카라치로 전화했다. 바닥이 베틸 껌으로 더럽혀진 좁은 전화박스 안에 틀어박힌 우리 귀에 800킬로미터 떨어진 곳에서 우리의 휴가를 멈추게 할 가격을 제시하는 코맹맹이 소리가 들려왔다. 호텔을 떠나야 할 것이다. 우리는 아직까지도 완전히 체력을 회복하지 못했다. 그리고 이번에는 가난이 두려워졌다.

사르다르 리더나 왕자, 귀족을 뜻하는 페르시아어. 인도와 터키 등에서도 널리 사용된다.
헨리 포틴저(1789~1856) 19세기 서양 열강들이 아시아를 침략할 때 군인으로서 동인도회사를 대표하여 조약을 체결한 인물. 강경파였으며, 영국과 중국의 제1차 아편전쟁 후 홍콩을 영국에 내준다는 난징조약시에도 영국 쪽 협상대표였다.

기름으로 얼굴이 더럽혀진 채 고개를 숙이고 우체국에서 돌아오는데 기삿거리를 찾는 신문기자 두 사람이 우리 앞을 가로막고 나섰다. 우리는 위성류 아래서 담배를 피우며 걱정을 늘어놓았다.

"그렇다면 루르드 호텔로 가보세요. 주인이 페르시아에서 온 여행객들은 그냥 먹여주고 재워준다고 합니다. 얼마 전에 개업했는데, 말하자면 홍보를 하려는 거지요. 당신들도 가면 환영받을 겁니다."

그리고 우리에게 친절을 베푼다는 즐거움에 말이 많아진 그들은 온갖 종류의 요리를 열거했다. 그들 말은 사실이었다. 거구에 두 가지 색 실로 짠 멋진 모직 옷을 걸치고 적갈색 얼굴이 땀으로 뒤덮인 지배인은 우리에게 식사 시간을 알려준 다음 유칼립투스가 그늘을 드리우고 있는 방의 문을 열어주었다. 한 시간 뒤, 우리는 여기로 짐을 옮겼다. 티에리는 캔버스를 틀 위에 걸었다. 나는 어느 날 밤 페르시아에서 받은 양탄자(청회색을 배경으로 오렌지색과 레몬색의 작은 꽃무늬가 점점이 흩뿌려져 있었다)를 책상 앞에 깐 다음 타자기를 겨드랑이에 끼고 람잔을 찾아갔다. 대문자 몇 개를 용접해달라고 부탁하기 위해서였다. 바로 그날 밤, 우리는 이 도시에 있는 유일한 바에서 일했고(기타, 아코디언, 대중적인 댄스, 왈츠), 생활은 전혀 다른 양상으로 바뀌었다.

사키 바

나는 사키 바와, 우리를 3주일 동안 고용해 줬던 주인 테렌스를 오랫동안 기억하게 될 것이다. 그가 세상을 떠났다는 소식을 들은 뒤로 나는 헐렁한 플란넬 바지와 끈기 있어 보이는 눈, 쇠테 코안경, 감정이 드러나는 두 개의 붉은 부스럼이 광대뼈 위에 남아있는, 동성애자들의 구릿빛 피부를 가진 그가 다시 모습을 나타내기를 줄곧 기대했다. 그는 주의가 산만하고 호의적이며, 뭔가 명석하면서도 의욕을 상실한 것처럼 보이는 사람이었다. 비록 이런 점에서는 매우 신중했지만 그는 이 도시의 많은 사람들이 갖고 있는 성향(요리사인 사덕이 불을 뒤적거리며 콧노래로 부르는 파탄인들의 노래는 그것이 어떤 성향인지를 잘 보여주었다) 때문에 고통받는 듯했다.

> ……한 청년이 강을 건너가네
> 얼굴은 한 송이 꽃 같고
> 엉덩이는 복숭아 같아
> 하지만 이럴 수가! 난 수영을 못한다네…….

테렌스는 후추를 넣은 수프, 숯불에 구운 스테이크, 불에 달군 주걱으로 휘저어 거품을 낸 초콜릿 수플레 과자 등 기막힌 요리를 직접 만들어냈다. 그는 이런 요리들을 영감을 받은 솜씨와 아낌없이 뿌리는 향신료, 잘게 자른 식용식물, 소박한 열정으로 공들여 마무리했다. 그의 메뉴는 오즈의 마법사와 사랑에 빠진 집시 여인을 연상시켰으며, 그의 여성적인 성격은 이렇게 요리를 준비할 때, 그리고 그의 탁월함(자기가 하고 있는 일을 완벽하게 마무리 짓는)을 향한 강렬한 열망(그것은 또한 자신에게 닥친 온갖 불운을 이겨내겠다는 열망이기도 했다) 속에서 가장 잘 드러났다.

사키, 그것은 페르시아 시에 등장하는 가니메데스이며, 천국에서 술잔을 올리는 사람이고, 열락을 받아들이는 사람(입구 위에 매달린 나무 간판에 아름답게 그려져 있는)이다. 간판에는 목이 긴 포도주병과 수연통水煙筒, 류트, 포도송이(포도알 하나하나가 잘 닦아놓은 유리창처럼 반짝였다)가 부드럽고 세련된 톤으로 그려져 있었다. 이 간판 뒤에서부터 테렌스가 피부색이 거무스레하고 초췌한 요리사 조수들을 다스리는 사키 바의 놀랍고 신비로운 영토가 시작되었다.

그곳은 석회를 바른 테라스 겸 안뜰이 옆에 붙어있는 좁고 시원한 장소였다. 이곳에는 밤이 되면 이 도시의 몽상가들이 월계수나무 향기를 맡으며 탁자에 자리를 잡았고, 우리는 밤 9시부터 자정까지 콘티넨털 아티스트(사람들은 이 이름에 현혹될 수도 있으리라)라는 이름을 내걸고 서툰 솜씨로 악기를 연주했다.

테렌스는 안뜰을 프랑스식 정자로 바꿔놓으려고 애썼다. 화분에 심은 나무 두 그루, 여기저기 좀먹은 파라솔을 세워놓은 댄스플로어, 등나무 안락의자, 뒤틀린 촛대가 놓여있는 피아노…… 벽에는 머리를 곱슬곱슬하게 말고 아름다운 젖가슴을 가진 여인들이 추파를 던지는 《파리 생활》 표지 네 장이 붙어 있었다. 하지만 테렌스의 추억은 너무 오래되고 유행에도 뒤떨어져서 이 야외 술집을 마치 추상화처럼 단조롭게 만들었고, 태양이 뒤틀어놓은 황금색 형상들도 주변을 온통 둘러싼 건조하고 창백한 분위기를 바꿔놓지는 못했다. 테렌스는 자기가 실패했다고 느꼈다. 안뜰을 둘러싸고 있는 휑뎅그렁한 담은 그를 괴롭혔고 그에게 목마름을 안겨주었다. 첫번째 날 밤, 그는 물고기와 정어리 떼, 잔물결 등 뭔가 축축하고 푸른 것이 등장하는 벽화를 벽 전체에 그려주면 안되겠느냐고 우리에게 제안했다. 하지만 도대체 그런 걸 어떻게 그린단 말인가? 우리는 마지막으로 본 물고기들의 모양을 기억해내려고 애쓰며 동틀 무렵 호텔로 돌아갔다. 그것은 아바구의 찻집에서 맑은 물줄기를 따라 땅속에서 올라왔던 속이 훤히 비치는 수염 난 메기였다. 그러나 그 다음 날, 비늘과 돌고래는 꿈속에서처럼 홀연 사라져버렸다. 테렌스는 우리가 떠난 뒤 누군가의 방문을 받았다. 그는 근심스러운 표정이었다. 그리고 벽화는 잊어버리고 새로운 계획을 세웠다. 퀘타를 떠나겠다는 것이었다.

가니메데스 그리스 신들을 위해 술을 따르던 미소년. 인간들 중에 가장 아름답다고 하며 그를 유괴하면 동성애 감정을 가지게 된다고 한다.

테렌스는 다른 식으로 살아가는 방법을 알았고 있었다. 왜냐하면 그의 손님들(발루치족이나 파탄족 족장, 망명중인 아프가니스탄 자유주의자들, 펀자브 지방의 상인들, 파키스탄을 위해 일하는 스코틀랜드 장교들) 대부분은 그를 다른 곳에서 알게 되었던 듯 '대령님'이라고 불렀던 것이다. 그가 날이 밝기를 기다리며 우리에게 해준 이야기를 조각조각 연결해 보면 이런 상상이 가능하다. 그는 아버지가 영국 영사로 있었던 페르시아 남부에서 자라나 영국의 근위 연대에서 진급에 진급을 거듭했고, 파리에서 러시아 발레를 보고 스포츠카를 타며 물려받은 유산을 탕진했다. 아비시니아 에 정착했으나 몇 년 뒤 나타난 이탈리아인들에게 쫓겨났다. 고생고생 하다가(그는 이 부분에 대해서는 침묵을 지켰다) 파탄 지역에서 다시 대령이 되어 '정치 담당 정보원'을 지냈다. 말하자면 거의 접근 불가능하며 제멋대로 발사될 수 있는 총이 곳곳에 장착된 100여 킬로미터의 산악지대를 맡은 책임자가 된 것이었다. 그는 위험하기는 하지만 건강에는 좋은 이 국경지대(그는 이곳의 지도를 잠을 자면서도 그릴 수 있을 정도였다)에서 졸지에 인도의 독립과 영토 분리로 인한 소요를 맞이했다. 소규모 카슈미르 전쟁 이 일어나자 테렌스는 자신의 능력을 조금 더 발휘할 수가 있었다. 그리고 지금은 모래에 뒤덮인 이 오지에서 프랑스인과 인도인 사이의 혼혈인 사진사가 운영하는 사진관과, 시크교도 가 주인인(이 사람은 마지막 손님이 떠나자 안도의 한숨을 내쉬고는 마치 자기가 잠자는 동안 먼 곳에서 찾아온 손님을 놓칠까 봐 두려운 듯 잠자리에 들 시간을 뒤로 미루었다) 자전거포 사이에 있는 바의 주인이자 요리사가 되어있었다.

홍등가의 예쁜 여자들을 어떻게 데려오는지 우리가 묻자 그는 당황스러운 표정을 지으며 사키 바로 술을 마시러 오는 파탄족 포주들에 관해 뭐라고 몇 마디 중얼거리더니 우리가 여자들에 관한 대화를 하고 싶어한다고 생각하고는, 자기가 꽁무니를 빼는 것처럼 보일까 봐 두려운 듯 30년 전으로 돌아가 피츠 부인이라는 사람의 이야기를 들려주었다. 그가 근무하던 연대의 사관 후보생들이 존경에 가득 찬 목소리로 찬양하던 이 여인은 그 당시 런던의 사우스오들리 거리에서 상류층을 고객으로 받는, 접근하기가 만만찮은 러브호텔을 운영하고 있었다. 5월의 어느 날 밤, 몹시 기분이 좋아서 술을 진탕 마신 테렌스는 호텔을 향해 비틀비틀 걸어갔다. 부유한 동네였다. 가정부가 아무 장식도 없는 문을 살짝 열면서 누구며 무얼 원하느냐고 물었다. 한껏 애를 써서 진지하고 정색한 얼굴을 하고 '스폰서'의 카드를 내밀었다. 그는 아름답고 고급스러운 조각품 아래서 기다린 끝

아비시니아 에티오피아의 옛 이름.
카슈미르 전쟁 카슈미르 지역이 1947년 인도와 파키스탄령으로 분리되면서 이 지역에 대한 인도와 파키스탄의 지속적인 영유권 분쟁으로 인한 전쟁. 지금도 계속되고 있다.
시크교 인도의 나나크가 창시한 종교로 힌두교와 이슬람교가 합쳐진 종교다.

에 피츠 부인의 집 안으로 안내되었다. 레이스가 달린 실내복을 입은 노부인이 사방으로 기둥이 있는 침대 위에 꼿꼿한 자세로 앉아있었다. 테렌스는 주눅이 들었다. 그녀는 그의 가족과 그가 근무하는 연대, 그가 다닌 학교를 물어보더니 한결같이 냉담한 어조로 어떤 스타일의 여자를 좋아하는지 물었다. 베트남 여자? 알자스 출신 여자? 엄마 같은 스타일의 여자? 아니면 음탕한 여자? 피츠 부인은 또한 자기가 돈을 기대하고 있음을 암시했다. 정확한 액수는 밝히지 않았다. 사교계 남성이라면 이처럼 널리 알려진 집에서 베풀어지는 친절에 어떻게 보답해야 하는지 알아야 한다는 것이었다. 하지만 그는 알 수 없었다. 되는 대로 10 파운드짜리 수표를 써서 자신 없는 표정으로 내밀었다.

"좋아요, 젊은 친구. 하지만 파운드가 아닌 기니로 표시를 해주겠어요?"

테렌스가 우리에게 소리쳤다.

"기니로 말이오, 기니로!"

그는 지금도 그 생각만 하면 놀랍다는 표정을 지었다. 나는 영국이라는 나라를 알지 못했다. 그래서 그런 현실적인 거래에서까지 그처럼 '사회적 신분'을 따지는 열정, 잔돈푼에까지 미묘한 사회적 차이를 적용하는 그런 취향은, 보름달이 뜰 때 수탉을 제물로 바친다든가 이슬람교 금욕파 수도승들이 빙빙 도는 것만큼이나 기묘해 보였다. 돋보기를 연상시키는 발루치의 태양이 비치는 가운데 우리는 마치 갈로로마인들이 프랑스의 마르세유에서 그리스를 발견했듯이, 퀘타에서 영국이라는 나라를 발견하였다. 그것은 어떤 정신상태가 단순화되고 확대된 이미지라 할 수 있었다. 블록과 안개로 이루어진, 원래의 맥락을 벗어난 이 상황은 우리가 지금까지 만났던 그 어느 것보다 더 사람을 당황스럽게 만들었다. 만일 투르키스탄이 지겨워지면 우리는 언제라도 플리머스 에 가서 살 수 있을 것이다.

테렌스는 이런 살아온 배경 덕분에 가장 수월하게 가지고 다닐 수 있는 미덕들을 간직했는데, 그것은 바로 유머와 신중함, 극도의 냉정함이었다. 자신의 길을 가기 위해 나머지 미덕들은 모두 버렸다. 그리하여 온갖 역경을 겪은 끝에, 다른 경쟁자들과 다를 바 없이 부패한 관청의 변덕과 어쩔 수 없이 타협하면서 위험을 무릅쓰고 하루하루 살아가다 보니 스스로 '광대-식당 주인'으로서의 진정한 사명이라고 부르는 것을 달성하게 되었다. 이 모든 것이 테렌스의 견해와 취향에 무게를 부여했다. 우리는 우리가 의존하는 것들만을 진정으로 사랑할 수 있다. 우리는 3

기니 1663년에서 1814년까지 사용된 영국의 금화 혹은 화폐 단위. 1기니를 만드는 데 금 4분의 1온스 정도가 들어갔다고 하며, 돈 가치로는 파운드와 비슷하다.
갈로 로마인 기원전 5세기 로마의 카이사르가 켈트인이 살던 갈리아 지방(남프랑스, 스위스, 이탈리아 북부 등)을 정복하고 그 지역에 이주시킨 로마인. 로마와 같은 도시국가로 만들기 위해 로마의 언어, 체제, 문화를 도입했다.
플리머스 영국 남서부에 있는 항구 도시. 1620년 미국으로의 첫 이민단을 태운 메이플라워호가 출항한 곳이다.

주일 동안 사키 바에 의존했고, 그곳을 좋아했다. 테렌스는 자신의 삶을 바친 아시아에 의존하면서도 거기서 떠나기를 꿈꾸었다. 하지만 그는 아시아를 사랑했고, '몹시 걱정스러운 근심거리'가 없는 사람들은 결코 알지 못할, 심오하고 쓸쓸한 즐거움(양탄자의 그림을 보거나 페르시아 시를 읽으면 느껴지는)을 맛보기 위해 값비싼 대가를 치러야만 했다.

규모가 큰 거래를 성공시키기에는 지나치게 낙천적인 발루치 사람들은 진나 거리의 상점들을 엉덩이가 크고 자부심이 강하며 아스트라한 모자를 쓴 펀자브 출신의 몇몇 상인에게 내주었다. 이들은 엘리자베스 여왕의 초상화를 카운터 위에 압정으로 붙여놓는가 하면 바퀴가 큰 소형 스탠더드 자동차를 타고 다니며 허풍을 떤다. 사키 바에 드나드는 이들은 우리에게 음료를 사주면서 페샤와르나 라호르에 오면 꼭 자기네 집에 묵으라고 말하면서 가게에도 반드시 한번 찾아와줄 것을 신신당부했다.

진나 거리에 있는 그들의 상점을 가까이서 바라보면 참으로 유감스럽다. 장인의 솜씨가 느껴지지 않기 때문이다. 서양에서 날림으로 만든 값싼 물건들이 물밀듯이 밀려들어와 이 지역 상업을 망쳐놓았다. 도끼빗, 셀룰로이드로 만든 예수상, 볼펜, 하모니카, 짚보다 더 가벼운 양철로 만든 장난감. 이 보잘것없는 물건들을 보고 있노라면 유럽인이라는 사실이 부끄럽게 느껴진다. 군부대 예배당의 페달식 오르간에서 시작되어 순회 공연하는 악사들에게까지 영향을 미친 장長 3도의 남용은 그만두고라도 말이다. 그리고 발루치 사람들이 풍성한 옷차림으로 아슬아슬한 균형을 유지하며 타고 다니는 비싸고 비실용적인 자전거는 차치하더라도 말이다. 하지만 시장은 이런 식으로 형성되는 것이다.

나는 최소한 이 점에서는 인도도 자신들의 쓰레기를 우리 유럽인들에게 슬쩍 떠넘김으로써 복수했다는 생각을 하며 스스로를 위안했다. 브라만들의 강장용 향유, 조악한 힌두교 도사들, 모조품 탁발승, 최근의 요가 열풍. 하지만 그거야 자업자득 아니겠는가.

우리가 행복해지기를 바라고, 우리의 재능을 시장에 팔려고 애썼던 테렌스는 그랜스탠리 카페의 주인인 브라간자를 만날 수 있게 다리를 놓아주었다. 금니를 여러 개 해넣은 브라간자는 부풀어오른 천을 허리에 두르고 휘청휘청한 막대기를 가지고 다녔는데, 자신들의 얼굴빛이 몇 세대 만에 연한 흑갈색에서 적갈색으로 변해가는 것을 두려움과 좌절 속에서 지켜보았던 포르투갈 출신 가문에서 태어났다. 그는 사키 바 맞은편에 탁자가 마흔 개가량 있는 어두컴컴한 찻집을 운영하고 있었다. 파탄족 고객들은 그곳에 와서 발을 까딱거리며 탄산수를 마셨다.

그는 우리에게 125루피를 주며 자기네 가게의 양쪽 벽을 장식해달라고 부탁했다. 손님을 끌 수 있게 이국적인 주제(예를 들면, 프랑스적인)를 그려달라는 것이었다. 낮에는 장사를 해야 하므로 그는 자정부터 아침 일곱시까지 우리에게 가게를 맡겼다. 브라간자는 가게를 보여주었다. 식당 뒷방을 통해 들어간 그가 찬장을 열자 파리들이 벌써 맛을 본 도넛 몇 개가 눈에 띄었다……

"기름이 많이 들어가서 몸에 좋을 거요. 많이들 들어요."

같은 날 저녁, 티에리는 두 가지 계획을 세웠다. 오른쪽 벽에는 귀족들이 경박한 여성들에게 샴페인을 따라주고 있는 초롱이 매달린 교외의 술집을 그리고, 왼쪽 벽에는 스페인 신사들과 집시들이 열심히 몸을 흔들며 도발적인 하바네라 춤을 추고 있는 스페인 바를 그린다는 것이었다. 전체적인 스타일은 구상화가 될 것이며, 피곤한 방탕아가 "몽마르트!"나 "올레!"라고 외칠 때 머릿속에 떠오를 법한 것들이 그려질 것이다. 나는 밋밋한 색깔로 된 넓은 두 부분(큰북과 암말의 궁둥이)을 칠할 때 티에리를 도와줄 수 있으리라. 브라간자는 우리 계획을 마음에 들어했다. 그래서 우리는 테렌스의 바에서 일을 하고 난 뒤 끔찍하게 더운 그 카페에서 며칠 밤을 새면서 이런저런 색깔들을 혼합했다. 우리는 얼룩진 식탁보에서 올라오는 카레 냄새를 없애기 위해 줄담배를 피워야만 했다. 내가 풀이 담긴 그릇을 불 위에 올려놓고 휘젓는 동안 티에리는 구체적으로 표현된 이 탱고와 영국식 왈츠를 마주보고 서있었는데, 이 지역의 잡화상에게서 사온 악취 나는 물감들과 네온 불빛 때문에 이 두 그림은 마치 쾌활한 악마가 그려놓은 것처럼 보였다. 우리는 이따금씩 일을 멈추고, 땀을 뻘뻘 흘리며 굵은 검은색 나뭇가지를 넣고 차를 달여 우려냈다. 카운터 뒤쪽에서 매트를 깔고 자다가 꿈을 꾸는 발루치족 요리사의 중얼거림이 들려왔다.

밤은 놀라우리 만큼 천천히 지나갔다. 이렇게 밤을 새다 보니 몸은 지칠 대로 지쳤지만 반대로 머릿속은 맑아지면서 한없이 행복해졌다. 나는 브라간자가 준 돈을 보면서 우리의 출발과 칸다하르, 가을을 상상했다. 우리는 아프가니스탄에서 잠을 자게 될 것이다.

몽유병 환자들처럼 호텔로 돌아갔다. 고운 모래가 반짝이는 좁은 길을 따라 유칼립투스 향기가 물결치듯 퍼져나갔다. 문이 닫힌 상점들 앞에서 새끼 흑염소들이 그들을 매어놓은 밧줄을 잡아당기고 있었다. 우리는 말라붙은 운하를 따라가다가, 무릎 위에 라이플총을 올려놓은 파탄족 야간 경비원이 긴 콧수염 밑에서 접힌 우산처럼 자고 있는 그린들레이 은행을 지나갔다. 다리에 도착한 우리는 찬장에서 가져온 도넛을 동틀 무렵에 항상 같은 장소에서 만나는 거지(꼭 개처럼 몸을 옹송그리고 누워있었다)에게 주었다. 오직 탐욕스러운 눈길과 민첩한 두 손만이 이 누더기 옷 뭉치를 송장과 구분시켜 주었다. 그는 너무나 궁핍했

던지라 뭘 봐도 절대 놀라는 법이 없었다. 옷 여기저기에 페인트가 묻은 이 외국인들이 신문지에 싼 도넛을 들고 동틀 무렵에 나타나는 걸 봐도 눈 하나 깜짝하지 않는 것이다. 꼭 잉어처럼 아무 말 없이 손을 내밀었다가 다시 움켜쥘 뿐이었다. 도넛을 다 삼키고 나면 그는 자신이 가진 유일한 물체에 머리를 올려놓았다. 그것은 십자 뜨기로 'Sweet Dreams' 라는 글자를 고딕체로 수놓은 작고 더러운 방석이었다.

우리는 모기들이 아침 일찍 일어나 부르는 노랫소리를 들으며 발걸음도 가볍게 키 큰 나무들 아래를 지나갔다. 붉은 태양이 회색빛 하늘로 떠오르고 있었다. 우리가 침대에 드러눕자마자 속죄하는 듯한 날카로운 백파이프 소리가 부드러운 먼지 위로 느닷없이 군 막사에서 터져나왔다. 마치 예리코 를 되찾아야 한다는 듯. 그렇지만 북쪽에서 들려오는 이 빅토리아풍의 나팔 소리는 이곳에서는 너무나 잘 울렸다.

이 청교도들은 유머 감각 외에도 구약舊約에 어느 정도 애착을 가지고 있기 때문에 이처럼 멀고 먼 사막에 집착하게 된 것이 틀림없다.

우리에게 너무나 비싼 대가를 치르게 했던 자동차는 이란의 사막에서 번호판을 잃어버렸다. 반입 허가서도 이미 기한이 지났기 때문에 법적으로 보면 우리 차는 더 이상 존재하지 않는

셈이었다. 우리는 기차역 옆에 있는 작은 사무실을 찾아가서 세관 책임자에게 이 문제를 해결해줄 것을 부탁했다. 피부색이 검은 그는 돼지처럼 생겼는데, 양쪽 귀는 가늘고 윤기 나는 긴 털로 가득 덮여있었다. 그는 찌는 듯 무더운 공기를 휘젓고 있는 선풍기 아래서 자고 싶은 절실한 욕망과 싸우고 있었으며, 손바닥에서 땀이 나는 바람에 압지에 달 모양의 자국이 남았다. 그는 스탬프를 두 번 찍어서 우리의 근심걱정을 말끔히 씻어준 다음, 이곳의 행정절차가 페르시아의 행정절차보다 더 간편하다고 한마디 하더니 그랜스탠리 카페의 벽화가 잘 그려졌다고 칭찬했다. 결국 그는 잘못을 저지른 소년처럼 기어들어가는 듯한 목소리로 티에리에게 자신의 '컬렉션'을 위해 누드 몇 장만 그려달라고 부탁하고서는 그 다음날 차를 대접하겠다고 말했다.

손해 보는 거래는 아니었다. 개당 10루피면 새 타이어를 네개 살 수 있었기 때문이다. 날이 밝자마자 우리는 일을 시작하여 테렌스에게 빌려온 《파리 생활》을 베껴 그렸다. 펼쳐놓은 잡지들이 마룻바닥을 뒤덮었다. 1920년에 나온 잡지들이었다. 화장먹으로 검게 칠한 눈, 튀어나온 턱에 분을 지나치게 바른 작은 얼굴의 연자주색 입, 허리가 없이 술장식이 달린 드레스, 가냘픈 어깨, 그리고 활처럼 휜 발목. 세상에! 이렇게 매력적인 인종이

예리코 여리고. 성서에 나오는 인류 최초의 도시. 기원전 8000년경 이스라엘인들이 나팔소리와 고함소리만으로써 이 도시를 점령했다고 한다.

또 있을까! 나는 이 시대를 잘못 판단했었다. 여자들이 흰 베일을 얼굴에 두르고 징 박힌 가죽신발로 구름처럼 먼지를 일으키며 지나다니는 이곳에서 어린 아가씨들의 우아함은 우리를 완전히 매혹시켰었다. 하지만 그건 우리의 관심사가 아니었다. 시간을 벌기 위해서 나도 종이를 몇 장 가져다가 서툰 솜씨로 그림을 그려보았지만 만화나 낙서 수준을 벗어날 수가 없었다. 인체를 그리는 것은 언어를 통해 자신의 뜻을 분명하게 표현하는 것처럼 천부적인 능력이 있어야 하는 것이다. 울피아누스(로마의 법학자-영어판 옮긴이 주)나 베카리아(이탈리아의 범죄학자-영어판 옮긴이 주) 때문에 골머리를 썩이느니 차라리 그림 그리는 걸 배우는 게 나을 뻔했다. 자기가 좋아하는 것을 그릴 수 없다는 건 심각한 결함이요 굴욕적인 무능이다. 30분 만에 티에리는 도발적인 자세를 취하는 아름다운 처녀를 세 명이나 창조해냈고, 나는 차례차례 색칠을 했다. 짚빛깔의 머리칼과 연보랏빛 눈은 서구의 이국취미였다. 아침 이른 시간인 데다가 그 옛날 잡지들을 보자 행복한 우울병이 도지는 바람에 음란하다기보다는 애절한 그림이 그려졌다. 세관 책임자는 그림을 보고 만족스러워할까? 나는 어떤 것도 그 산뻬 같은 인물을 감동시키지 못할 것이라 생각했지만, 우리는 그보다 더 나은 그림을 그리기에는 아직 너무 젊었다. 포르노는 나이든 사람이 그려야 하는 그림인 것이다.

세관장은 공작의 깃털로 장식된 어두운 응접실 입구에서

우리의 손을 잡고 놓아줄 줄을 몰랐다. 그는 그 전날 누드화를 주문했다는 사실이 난처하게 느껴지는 듯 자기가 난봉꾼이 아니라는 것을 증명하기 위해 거듭해서 아이들을 소개해 주겠다고 말했다. 주름장식이 달린 드레스를 입은 검고 다리가 안쪽으로 휜 어린 소녀 셋은 학교에 관해 묻자 아무것도 신지 않은 발을 내려다보며 계속 킥킥 웃기만 했다. 우리는 프랄린 과자와 설탕을 입힌 아몬드, 끈적끈적한 케이크가 놓인 탁자 앞에 앉아 지루한 대화를 나누었다. 그러다가 집주인은 딸들을 쫓아낸 다음 우리의 창작품을 자세히 살펴보며 가슴이 에이는 듯한 한숨을 내쉬었다. 우리는 손을 무릎에 올려놓고 입 안에 음식을 잔뜩 집어넣은 채 그의 감상을 방해하지 않으려고 애썼다. 30루피면 큰 도움이 되련만.

"다른 그림은 없소? 더 많은……."

"없는데요."

"한 장도 없단 말입니까?"

그는 그림들을 다시 가져가더니 자기 마음속에 각인시킨 다음, 기름투성이 손자국을 잔뜩 묻혀서 되돌려주었다.

"지나치게…… 예술적이군요. 아시다시피 나는……. 그래도 좀 드세요."

그는 우리 접시에 먹을 걸 덜어주며 이렇게 말했다.

우리는 모욕당했다는 기분을 느끼며 그 커다란 화첩을 거드랑이에 끼고 걸어서 호텔로 돌아왔다. 호주머니에 사탕과자를 잔뜩 집어넣고 뜨겁게 내리쬐는 햇빛을 받으며 적어도 한 시간은 걸었으리라. 나는 생각했다. 자, 공부를 하면 결국 이렇게 된다니까. 티에리가 같은 말을 되풀이했다.

"내 그림, 안 팔 거야. 다른 건 팔아도 이건 안 팔 거라구!"

그래서 우리는 사키 바의 웨이터인 사딕에게 주방에서 가벼운 음료를 마시곤 하는 파탄족 마권업자들에게 이 그림들을 은밀히 팔아보라고 부탁했다. 그는 이것들을 마권업자들에게 파는 대신 사흘 동안이나 우리 친구들의 코 아래 갖다대고 한장 한장 넘겨가며 사라고 들볶았다. 그림에 관심 없는 사람이나 소심한 사람들에게 그렇게 했다고 그는 분명히 말했다. 멋진 숙녀분에게…… 그는 엄지손가락으로 티에리를 가리키며 말했다. 이 신사분이 그리셨다고 말씀드렸지요…….

영국인들은 이곳에서 오래 살았다. 그들은 19세기에 그 당시 큰 마을에 불과했던 퀘타를 이 지역의 실력자로부터 사들여서 아주 힘들게 카라치로부터 철도 노선을 끌어들이고, 나무를 수백 그루씩 심었다. 또 일부 도로에 아스팔트를 깔고, 남부 아프가니스탄과 파탄족이 사는 산악지대로 통하는 고개를 지키기 위해 군악대와 교회, 폴로경기용 말을 보유한 만 명 규모의 군대를 주둔시켰다. 군대가 이렇게 주둔하게 된 것은 포틴저나 샌디

먼 같이 탁월한 실력을 갖춘 협상가들 덕분이었다. 이들은 별다른 어려움 없이 발루치족 사르다르들과 합의하여 부족 구조를 강화하는 한편, 그들이 성실하고 충성스럽게 봉사를 해준 데에 감사하는 뜻으로 멀리 있는 빅토리아 여왕을 대신하여 그들에게 훈장을 수여하고 소박하고 행복한 생활을 보장해 주었다. 말 타는 솜씨가 뛰어나며 오래된 나무총으로 종달새를 맞출 수 있는 발루치족이 반란을 일으키지 않은 것은 인근에 살며 소란을 피우는 파탄족을 무찔러주겠다며 일부러 지구 반대편에서 찾아온 이 군인들에게 망아지와 과일, 가축을 파는 것이 자기네들에게 이익이 된다고 생각했기 때문이다. 발루치족과 영국인들 모두 말을 좋아했고, 삶의 희극적인 측면을 추구했으며 합리적인 해결 방법을 원했던 덕분에 결국 이 '보호령'은 식민지 역사상 보기 드문 낙원으로 바뀌게 되었다. 수많은 톰과 존들은 이곳의 유칼립투스 그늘 아래서, 그리고 모래밭과 영국에서 온 편지, 요란한 백파이프 소리 사이에서 새로운 형태의 행복을 발견했다. 영국령 인도가 멸망하자 그들은 이곳을 떠났고, 그토록 경쾌하던 이 도시는 이곳으로 집중되는 온갖 노스탤지어로 인해 부풀어오른 듯 보였다.

　　남아서 파키스탄을 위해 일하는 사람들은 매일 밤 사키 바를 찾아왔다. 소령 몇 명과 흰 턱시도를 입고 위스키에 젖은 푸른색 눈에 머리가 희끗희끗해져가는 대령 두 명은 구워서 부풀린 초콜릿을 보자 점잖게 탄성을 지르며, 우리가 번안해 부른 〈우울한 일요일〉이나 〈고엽〉을 듣고 환호하며 박수갈채를 보냈다. 그리고, 우리의 레퍼토리를 늘려주기 위해 유리보다 더 가느다란 목소리로 스코틀랜드의 오래된 민요들을 불렀다. 그들은 다들 우르두 말을 조금 했고, 그들의 연대聯隊를 사랑했으며, 영국보다는 아시아를 더 좋아했다. 하지만 아시아는 바뀌었다. 이제 겨우 7년밖에 안된 공화국에서 그들의 옛 피통치자들은 이제 그들의 고용주가 된 것이다. 군주들이 부하가 되었다는 얘기다. 이러한 변화에는 항상 어려움이 뒤따른다. 전통에 기반을 둔 차별 관습은 어느날 갑자기 받아들일 수 없는 것이 되었다. 새로운 관계를 곧바로 수립해야 했으며, 그런 관계를 발전시키는 것에는 단순한 선의 이상의 것이 필요하다. 다리를 놓기 위해서는 상상력이 필요하고 테렌스 같은 아웃사이더가 필요하다. 사키 바의 안뜰은 민속의 샘이었고, 테렌스는 여기에 품격을 부여했다. 그가 지친 표정으로 허물없이 술잔을 손에 들고 탁자 사이를 돌아다니기만 하면 몇 명 안되는 술꾼들은 자기가 다른 사람들과 조화를 이룬다고 느꼈다. 적당한 때가 되면 그는 마치 그물을 들어올리듯 안뜰을 살펴보러 갈 것이다. 경마에 관한 정보를 알려주는 이 지역의 말 장수와 체스 경기를 하거나, 군대에 있을 때는 쌍안경으로만 보다가 이제는 레모네이드 잔을 앞에 두고 편안하게 다시 만날 수 있게 된 파탄족 유격대원 출신과 인사를 나누는 것이다.

현행법에는 음주가 금지였지만 테렌스는 이슬람교도들에게 술을 제공했다. 하지만 억지로 권하는 법은 결코 없다. 나름대로 요령을 발휘하면 손님들이 거기 따를 뿐이다. 그들은 세 잔째 주문한 위스키 대신 차가 나와도 항의를 하기는커녕 자기가 그처럼 신중한 진단과 통제(경찰이 야간순찰을 하다가 수상쩍은 냄새를 풍기는 신자들을 어김없이 붙잡아가기 때문에 더욱 필요한)의 대상이 되었다는 데 대해 오히려 감사해했다. 이따금씩은 그의 감시를 교묘히 피해가며 정해진 음주량을 초과한 역장이라든지 우체국장 같은 유지들이 문을 닫고 나서도 한참이 지나도록 한쪽 구석에 남아 커피원두를 씹다가, 짐짓 단호한 표정으로 위험을 무릅쓰고 인적이 끊긴 길거리로 사라지기도 했다.

장식과 관련한 창의력이 과일 파이에 설탕을 그물처럼 뿌려댄다든지, 진나의 풍경을 곤약판으로 찍어낸다든지, 반들거리는 털을 가진 뻣뻣한 고양이를 벨벳 방석에 그려넣는 정도에 그치고 마는 이곳에서, 호기심 많은 사람들이 단 이틀 만에 그랜스탠리 카페의 벽 위에 출현한 인물들에 관심을 가지는 건 지극히 당연한 일이었다. 브라간자는 그림이 히트를 치자 더 많은 걸

우르두어 아프가니스탄의 공용어로 인도유럽어에 속한다.

원했다. 안쪽 벽 앞에 놓여있던 병들을 치우고 나서는 30루피를 줄 테니 환상 산호섬과 코코넛 야자수, 해수욕을 하는 타히티 여인들을 그려달라고 부탁했다. 푸른색 페인트가 아직 많이 남아 있어서 이 주제들은 더욱 안성맞춤이었다. 그림은 하룻밤 사이에 완성되었다. 푸른색 하늘, 담배 색깔의 세이렌들이 머리를 빗고 있는 군청색 바다. 그리고 페인트를 다 써버리기 위해 한쪽 구석에는 알록달록한 색깔의 여객선 한 척을 그려 넣었다. 그것은 아바나 여송연 담뱃갑에 그려진, 깃 장식을 단 선한 야만인만큼이나 보는 사람을 안심시키는 참신한 그림이었다. 이제 운하의 걸인은 마지막 도넛을 얻어먹을 수 있게 될 것이다. 브라간자는 평소에는 바다를 지겨워했으나 그림을 보자 금세 즐거운 표정을 짓더니 가는 막대로 해수욕하는 여인들을 가리키며 이곳 사람들은 풍만할 걸 좋아하니 좀 더 둥글둥글하고 살쪄보이게 그려달라고 부탁했다. 티에리는 붓질 세 번 만에 그들의 엉덩이를 부풀려놓은 다음, 조금 전까지 그리고 있던 이란 그림(비스듬히 기울어진 구름 아래의 메마른 사막 일부)으로 조용히 되돌아갔다.

저녁이 되어 람잔 자동차수리소에서 나오면 나는 잠시 사진가인 텔리에에게 들러 사진 현상법을 배웠다. 사키 바 옆에 가게가 있는 텔리에는 지진이 일어나기 전에 이 도시에 정착했고 혼자서 사진 기술을 터득했다. 군대가 주둔한 이 도시의 영국인들에게 그는 '연조軟調'와 '흐릿한 배경', 그리고 암실의 끔찍한

더위 덕분에 완벽하게 성공하는 독특한 모아레(규칙적으로 분포된 점이나 선이 겹쳐서 생기는 물결무늬 모양 – 옮긴이 주) 효과의 전문가로 통했다. 그는 장교 부인들의 얼굴 사진에서 완전한 성공을 거두었다. 윤기 없는 얼굴에 간결한 머리 맵시, 진주목걸이를 차고 다니는 금발머리 여성들…… 아라비아산 고무를 한 방울 떨어뜨리면 두 눈이 로맨틱하게 빛났다. 그러고 나서 텔리에는 산화아연과 작은 붓을 가지고 마법을 부리듯 그들의 목걸이에 눈처럼 하얀 광채를 부여했다. 밤이 되면 얼굴은 알아보기 힘들었지만, 목걸이는 꼭 가느다란 초승달처럼 어두컴컴한 쇼윈도우 안에서 환하게 빛났다.

독립을 하고 영국인들이 떠나자 텔리에의 기술도 크게 바뀌었다. 과다하게 노출된 듯한 예전의 주황색 후보자들이 떠나고 짙은 색 피부의 고객들이 밀려들었던 것이다. 지금은 환한 색깔을 배경으로 하여 검은색으로 사진을 뽑으며 매끈한 종이를 사용한다. 초췌해 보이는 자신의 사진을 여러 장 침대 위에 압정으로 꽂아놓는 젊은 양가 자제들(여자친구가 없는)은 가르마를 타고서 그의 사진관 진열창 앞에서 어슬렁거렸다.

카라치에서 받는 인화지에 이것저것 문제가 많았으므로 그는 나중에 돈을 줄 테니 스위스에서 인화지를 주문해달라고 내게 부탁했다. 나는 그렇게 했다. 도합 50루피였다. 그 뒤에 나는 이 돈만 있었다면 놀라운 효과를 발휘했을 법한 처지에 여러 번

빠졌다. 그때마다 나는 영어로 "플리즈 미스터 텔리에(텔리에 씨, 제발 부탁이니)……"라든가 불어로 "실 부 플레, 몽 세르 텔리에 (텔리에 씨, 제발 부탁이오니……)"라고 썼다. 그는 퐁생에스프리 출신이었다. 그에게서는 일체 연락이 없었고, 나는 카불과 콜롬보 사이에 있는 여러 곳의 싸구려식당에서 그를 저주할 수밖에 없었다. 어쩌면 그는 인화지를 못 받았을지도 모른다. "반드시 어두운 곳에서 개봉할 것"이라고 쓰인 봉투가 우리 음탕한 세관장 나으리의 손을 거쳤을 것이고, 그는 그게 무슨 도색잡지 같은 것일지도 모른다고 의심하여 남몰래 자기 사무실에서 열어보았다가 아무것도 없이 눈밭처럼 깨끗한 그 종이가 눈앞에서 광택 나는 회색으로 변해가는 것을 보았을지도 모른다.

사키 바에서 일하는 웨이터 세 명은 잘 돌아가는 눈을 이리저리 돌리며 콧노래를 흥얼거리고, 맨발로 돌아다니고, 자신의 전 재산을 손수건에 싸서 가지고 다니는 변덕스러운 인종에 속했다. 그들이 사랑하고 헤어지고 다시 상대를 만나는 데는 보름이면 충분했다. 도주, 불화, 열정, 우울, 결별. 심지어는 바에서 일하는 사딕조차 평소에는 호인이고 현실적이지만 일단 '여자에게 차이자' 일주일 동안 식음을 전폐했을 정도였다. 이런 위기의 밤이면 마음이 심란해진 테렌스는, 땀으로 흠뻑 젖은 얼굴로 테라스에 찬 바람을 쐬러 나갈 때를 제외하고는 절대 오븐 곁을 떠나지 않았다.

"그 곡 좀 빨리 연주해줘요. 뭔지 알지요?"

그것은 세르비아 노래였다.

내 가슴 속에 꽃 한 송이 있었네
그 꽃이 세상을 바라보고 있었네

페르시아 노래일 때도 있었다. 어쨌든 그것은 가슴을 갈기
갈기 찢어놓을 만큼 애절한 노래였다. 우리는 그가 우는 것도 두
어 번 보았다.

결국 그 나이 또래의 남자가 이런 일과 거듭되는 부침浮沈,
너무나 경박하고 모든 것으로부터 아득히 멀리 떨어져 있는 이
도시, 교활한 납품업자 등 그 모든 것들을 견뎌낸다는 것은 결코
쉬운 일이 아니었다. 테렌스는 자기가 이곳에서 재능을 낭비하
며 제자리걸음을 하고 있다고 생각했다. 이따금씩 우리 부품이
도착했나 안 했나 보려고 기차역으로 가다 보면, 사딕이 수선하
다가 무릎 부위까지 길게 늘려놓은 호주머니 속에 주먹을 찔러
넣은 테렌스가 허리를 숙이고 작은 안뜰을 신경질적으로 왔다
갔다 하면서 엄한 목소리로 웨이터들을 야단치는 걸 볼 수 있었
다. 금방이라도 누군가를 머리로 받아버릴 것 같은 기세였지만,
그러지는 않았다. 그냥 좀 외로워서, 그리고 아시아라는 곳이 심

장에는 너무나 좋지만 신경에는 너무나 안 좋기 때문에 그러는 것이었다.

테렌스는 우리에게 프랑스에 관한 질문을 자주 던졌다. 언젠가는 프랑스에 호텔(나뭇가지 사이에 반쯤 가려지고, 참나무 널벽에 무도회장이 있으며 말을 빌려주는 호텔)을 열 꿈을 갖고 있었던 것이다. 우리는 거의 헐값에 땅을 얻을 수 있는 오트프로방스 지방에 이어 사부아 지방(관광객이 더 많으니까)을 추천했다. 그는 상태가 아주 좋은 미슐랭판 사부아 지방 지도를 자기 집에서 찾아냈다고 말했다. 마지막 손님을 문까지 배웅한 다음 악기를 벽에 기대어놓은 우리는 강둑과 붉은 지붕들, 눈에 익은 뿔 모양의 숲을 바라보며 우아한 모양의 무성한 나뭇잎과 아무 장식도 없이 오직 우수만이 깃들어있는 초벽初壁, 모호한 쾌락주의(무척이나 '테렌스' 적인!)를 찬양했다. 우리는 약간 과장했다. 그를 격려하기 위해서, 그리고 그 지역들에 있는 투아리와 네르니에, 혹은 이브와르 같은 지명들이 우리가 출발하기 전에 여행 계획을 짰던 카페의 철제 식탁과 라일락을 연상시켰기 때문에.

우리는 며칠 밤을 연이어 잔 나뭇가지가 길게 뻗어나간 듯한 별들 아래서 동이 트기를 기다리며 싱그러운 녹음에 싸여있는 이 지방을 우리의 술잔 사이에 펼쳐놓았다. 테렌스는 이런저런 질문을 던지며, 그를 이곳에 붙들어두는 관습이나 빚쟁이들로부터 멀리 떨어진 곳에 도피처를 마련하겠다는 꿈을 꾸도록 도와주는 이 사랑의 지도에 정성스레 주석을 달았다. 그 다음 날 우리는 그가 이 지도를 바에 깜빡 놓아두고 간 걸 발견했다. 그는 지도 여기저기에 굵고 붉은 선으로 표시를 해두었고, 몇 군데 마을에 십자가 표시를 했으며, 몇몇 외딴농장에는 느낌표를 붙여놓았다(이곳에 사는 사람들은 자기들이 운이 좋다는 걸 알까?).

테렌스는 바와 지붕 겸 테라스를 잇는 계단 아래의 벽감에 그가 시련의 와중에서도 절대 버리지 않았던 물건들을 차곡차곡 쌓아두었다. 작은 뾰족탑이 있는 건물 정면에서 사냥개들을 모아놓고 찍은 사진, 테니슨의 작품 몇 권, 초록색 천으로 제본된 프루스트의 작품, 3년 치 《파리 생활》, 무려 40킬로그램이나 나가는 '거장의 목소리' 음반들(알프레드 코르토, 글루크 의 〈오르페우스〉 〈마술피리〉). 이따금 그는 거기서 나와서 음반을 전축에 건 다음 다시 그 골동품 속으로 사라지곤 했다. 음악 뒤편으로 물건들을 옮기고 혼잣말을 하며 쌓인 것을 하나씩 치우고 오래된 편지를 읽는 소리가 들려왔다. 하지만 오후가 되자 그의 모습은 더 이상 보이지 않았다. 방으로 쓰이는 지붕 밑 공간으로 올라가서

알프레드 테니슨(1809~1892) 영국 빅토리아 시대를 대표하는 계관시인. 죽은 친구에게 바치는 애가 《인 메모리엄》이 대표작.
알프레드 코르토(1877~1962) 프랑스의 낭만주의 피아니스트. 당대 최고의 인기를 구가했다.
크리스토퍼 글루크(1714 ~ 1787) 독일의 오페라 작곡가. 근대 오페라 형식을 연 개혁가이기도 했다. 대표작은 〈오르페우스와 에우리디케〉.

추억과 함께하다가 깜빡 잠이 든 것이다. 한 파탄족이 바에서 그를 꼭 만나야겠다고 고집을 피우기에 그를 찾으러 이곳으로 가보니, 그는 마음속의 여정을 서둘러 따라가기라도 하는 듯 은근한 표정을 지으며 흔들리는 야전용 침대 위에 몸을 쭈그리고 누워있었다. 커다란 포병용 쌍안경이 옆에 놓여있었다. 나는 도대체 그가 테라스에서 무엇을 관찰할 수 있었을지 궁금해하면서 발소리를 죽이고 살금살금 내려가 급한 용무가 있다는 그 손님에게 저녁에 다시 한 번 들러달라고 말했다.

한가한 시간이면 테렌스는 장외마권을 채워넣으며 좋아하는 아리아를 듣기 위해 스피커를 안뜰로 내갔다. 태양과 모래의 영향을 상당히 많이 받은 이 전쟁 전의 감탄할 만한 레코드를 듣다 보면 몇 번씩 놀라게 된다. 바이올린과 목관악기, 매혹적인 여가수의 목소리가 일종의 기관총소리 비슷한 소리 위로 날아올랐다가 갑자기 끔찍한 소리와 함께 바늘이 중앙으로 튀고 잘려나간 가사(의미가 모호한 신탁의 일부처럼 이해할 수 없는)가 느닷없이 사키 바 위로 흩어졌다. 테렌스는 누군가가 아주 가까이서 자신에게 총을 쏘기라도 한 것처럼 소스라치면서, 증인으로 삼기 위해 우리를 쳐다보았다. 사물이 우리 등뒤에서 닳아 없어지고 노후되어가는 방식이 그에게 큰 충격을 안겨준 것이다.

바에 갖다놓으려고 높이 쌓아올린 더미 속에서 우리는 부드럽고 감상적인 미국 가요들(도리스 데이, 레나 혼)을 발견했는데, 그걸 들으니 돈을 벌겠다는 꿈을 꾸지 않을 수가 없었다. 나는 번쩍거리는 커피메이커와 빳빳하게 풀을 먹인 와이셔츠, 그리고 아름다운 목소리를 가진 그 세이렌들을 유혹하기 위한 돈의 뒤편에서 완벽한 용모를 갖춘 젊은 여성들을 상상했다. 나는 아직은 제대로 보장되지 않는 이 새로운 자유를 리본처럼 1미터씩 끊어서 팔겠다는 생각을 했다. 그 생각은 오래가지 않았다. 너무 피곤해서였다. 잠을 좀 자야 했다.

티에리는 우체국 밖에서 나를 기다리며 처음으로 떨어진 나뭇잎을 청소하는 청소부와 잡담을 나누었다. 그러고 난 그는 우체국 건물을 한 바퀴 돌아보고 나서 아까 이야기를 나누었던 청소부와 다시 마주쳤는데, 청소부는 그를 알아보지 못하고 이렇게 소리쳤다.

"당신 친구가 당신을 찾다가 저쪽으로 갔어요!"

내가 가보니 그는 조금 전부터 자기를 찾아 빙빙 돌고 있었다. 자연스러운 일이었다. 모든 것은 돌고 도는 법. 피곤하기도 하고 잠도 제대로 못 자다 보니 꿈의 회전기제가 우리 삶 속에 도입된 것이다. 게다가 그 눈부신 불빛 속에서 파리들과 함께 잠

도리스 데이(1942~) 미국의 가수. 아름다운 목소리 때문에 인기가 많았다. 히치콕의 영화에 출연하는 등 영화배우로도 활동했다.
레나 혼(1917~2010) 미국의 흑인 재즈 가수. 배우와 시민운동가이기도 했다.

잘 수 있는 방법도 없었다. 계속 침대를 옮겨 다니고 줄곧 이야기를 나누며 땀을 흘리고 밤을 새우다 보니 삶의 두께가 얇아지면서 우리는 결국 옆모습으로만 살게 되었다. 최소한의 감동(한 번의 미소, 뺨 위의 섬광, 노래 한 가락)도 우리의 가슴을 에인다. 말라리아열도 나흘이나 닷새 만에 한 번씩 찾아온다. 내 온몸이 나뭇잎과 소금물로 뒤덮여있다는 느낌과 함께 나를 자동차 밑에서 나오도록 만드는 허약함과 오한. 전혀 심각하지 않다. 무료함을 달래기에 딱 좋을 정도다.

우리는 낮에는 정비소와 테렌스의 사키 바, 그리고 밤이 되면 페인트 통 사이에서 일한 뒤에 녹초가 되어 입을 꼭 다문 채 루르드 호텔로 돌아갔다. 그것은 혜택을 준 사람 입장에서는 보고 싶은 태도가 아니었다. 주인인 메타로서는 헛고생을 한 셈이었다. 우리는 그의 고객들을 돋보이게 만들어주지 못했던 것이다. 그는 우리가 자기 호텔에 아예 눌러앉을까 봐 걱정되는 듯 아침인사를 해도 건성으로 대답했다. 사딕과 조수들이 신문지를 건초더미처럼 쌓아올리고 그 위에서 밤을 보내는 사키 바의 지붕에서 떠날 때까지 지내는 게 차라리 나을 듯 했다.

나는 짐을 꾸리다가 겨울 내내 쓴 원고가 사라져버렸다는 사실을 알아차렸다. 웨이터가 방을 청소했다. 나는 책상을 비우기 위해 원고가 든 큰 봉투를 바닥에 놓아두었었다. 정오였다.

해는 나무들 사이를 빠져나가고 있었다. 모든 것이 휴식을 취하고 있었다. 떨리는 손으로 부엌의 쓰레기통을 뒤지다가 한숨소리와 코 고는 소리가 사방에서 들려오는 사무실을 지나가서 보니 그 웨이터가 더러운 식탁보 아래 잠들어있었다. 그는 그 봉투를 기억하고 있었고, 그가 생각하기로는…… 그는 눈을 비비며 나를 큰길 옆에 위치한 쓰레기 버리는 곳으로 데려갔다. 아무것도 없었다. 검은 펠트 마스크를 쓴 해골처럼 비쩍 마른 청소부들이 구름 같은 먼지를 일으키며 청소차를 몰고 새벽녘에 나타났다가 내 원고를 갖고 사라진 것이었다. 그들이 어디로 갔는지 아는 사람은 호텔에 아무도 없었다. 다음 청소차가 나타날 때까지 기다렸다가 그 차를 타고 가서 장소를 알아낸 다음 원고를 찾아봐야 했다. 그동안 나는 다시 시간을 거슬러올라가서 내 재산을 되찾을 수만 있다면 얼마나 좋을까 생각하며 되돌릴 수 없는 시간을 죽여야만 했다. 나는 먹은 걸 토한 다음 우리 차의 엔진을 손보았다. 눌어붙은 볼트를 분해하면서, 5톤 트럭이 울퉁불퉁한 비포장도로 위에서 덜컹거리고 먼지를 일으키며 온갖 오물과 양배추 줄기와 함께 내 원고를 사방에 뿌려놓는 장면을 상상했다. 첫 페이지와 단락들, 타이프를 치다 보니 손가락이 마비되어 더 희미해 보이는 행行들, 타브리즈, 꽁꽁 언 땅 위에 드리워진 포플러나무 그늘, 나쁜짓을 해서 번 돈을 아르메니아 선술집에 와서 술값으로 다 써버린 야바위꾼들이 추위에 얼어붙은 실루엣을 재구성해야 하리라. 석유등 불빛 아래서, 혹은 싸움자고 새들이 새장 안에 잠들어있는 시장의 식탁 위에서 더 이상 내가 아닌 누군가가 쓴, 그 숨막히고 어둡고 돌이킬 수 없는 겨울의 기록들을.

그날 밤 사키 바에서 티에리는 일을 다 마쳤다. 테렌스는 친절하게도 우리 잔이 비는 족족 술을 따라주었다. 그는 이해하고 있었다. 자기가 이해할 수 없는 건 거의 아무것도 없다는 것을. 하지만 나는 그 다음날 트럭을 놓칠까 봐, 실현되기 힘든 내 희망이 새로운 쓰레기 더미 속에 묻혀버릴까 봐 술 마시는 것을 자제했다. 나는 발코니의 안락의자에 누워 담배꽁초를 주변에 집어던지며 밤을 보냈고, 그 어떤 꿈도 내 원고뭉치가 어디 있는지 예언해 주지 않았다. 다섯시가 되자 밝은 황록색이 하늘에 번져나가더니 유칼립투스나무 잎사귀들이 수은처럼 반짝거렸다. 그러나 냉혹한 태양이 곧 모든 것을 휩쓸어가버렸다. 호텔 주인이 삽 두 개를 가져다주었다. 그는 내가 처한 상황을 들어서 알고 있고, 내 경우와 비슷한 일화를 하나 들려주기까지 했다. 친구 한 명이 분리 독립 당시 벌어진 대학살의 와중에서 원고를 잃어버렸다는 것이었다.

"그 친구, 몇 년에 걸쳐 원고를 재구성했지요. 다시 기억하고, 다시 쓰고…… 아시겠지만 그거, 쉬운 일이 아닙니다."

뜨거운 차로 배를 불린 우리는 무릎 위에 삽을 올려놓고 길

가에 앉아 쓰레기차를 기다렸다. 테렌스에게서 훔친 프루스트의 책을 읽으려고 했지만, 알베르틴의 불행이 마음에 잘 와닿지 않는 데다가 웬일인지 그날 도로에서는 여러 가지 다른 재미있는 일들이 많이 벌어졌다. 그날은 독립기념일이었다. 나들이옷을 차려입은 군중들이 축제가 벌어지는 광장으로 몰려가고 있었다. 흡족한 표정으로 색깔이 알록달록한 자전거대를 잡고 실려 가는 수염 난 남자들, 탐욕스러운 웃음, 장식 깃털이 달린 터번, 턱에 온통 설탕을 묻히고 곰 조련사 주위에서 시끄럽게 떠들어대는 어린아이들, 그리고 카불을 포위하고 공격하는 데 사용했던 대포들 사이에 끌고 온 물소를 눕혀놓고 껄껄 웃어대는 농부들. 유쾌하고 즐거운 아침이었다. 지나가는 사람들마다 뜬금없긴 하지만 진심 어린 인사를 우리에게 보냈다. 트럭은 나타나지 않았다. 쓰레기차도 축제에 합류한 것이다. 말을 탄 경찰이 쓰레기 하치장이 어디에 있는지 가르쳐주었다. 피친으로 가는 비포장도로를 10킬로미터가량 가다 보면 악취가 엄청나게 풍기기 때문에 그냥 지나치려야 지나칠 수가 없다는 것이었다.

낮 12시, 우리는 헐벗은 산으로 둘러싸인 분지 한가운데, 깨진 유리조각이 여기저기 흩어진 거무스레한 쓰레기 벌판에서 일할 준비를 갖추었다. 마치 잠자는 사람이 숨을 내쉬는 것처럼 유해한 불길이 규칙적으로 거대한 태양을 향해 확확 솟아오르며 지평선을 뿌옇게 가렸다. 털이 다 빠진 당나귀들이 종종걸음으로 걷다가 보이는 대로 아무거나 머리로 치받거나, 아니면 악취를 풍기는 그 계곡에서 비통한 소리로 울어대며 뒹굴었다. 그 악취 속에서 홀딱 벌거벗은 노인이 혼자서 납 찌꺼기를 체로 거르고 있었다. 그 전날 내 원고를 싣고 간 쓰레기차에 관해서 물었지만 별다른 성과를 얻을 수 없었다. 벙어리였던 것이다. 우리가 질문을 던질 때마다 흙 묻은 집게손가락을 입 속에 집어넣고 어깨를 으쓱거릴 뿐이었다. 우리를 가장 최근에 실어온 쓰레기 더미로 안내한 것은 갈색 독수리들이었다. 100여 마리는 될 것 같은 독수리들은 마지막으로 사냥해온 먹이 주위에 앉아 소화시키고 배설하고 트림하는 중이었다. 그놈들을 향해 광석을 제련하고 남은 찌꺼기인 용재덩이와 뼛조각, 녹슨 깡통을 던졌다. 그들은 우스꽝스럽게 옆걸음질 쳐서 휙 피하더니 도대체 우리가 왜 자기네들이랑 싸우려고 하는지 영 이해가 안 간다는 듯 다시 날개를 펴며 썩은 고기처럼 생긴 목을 우리 쪽으로 내밀었다. 우리는 고래고래 소리를 지르고 삽을 휘둘러대며 그놈들을 향해 돌진했다. 독수리들은 더러운 빨랫거리가 퍼덕거리는 것 같은 소리를 내며 날아오르더니 조금 더 멀리 떨어진 곳에 앉아 우리가 일하는 걸 지켜보았다.

가까이서 보았더니 그 쓰레기는 이상하게도 결핍을 드러내 보여주었다. 누군가가(하녀, 넝마주이, 몸이 온전하지 못한 걸인, 개, 까마귀 들) 연이어 수거를 해가서 쓸 만한 부분은 남김없이 추려내어진 것이었다. 트럭이 지나가기 훨씬 전에 우표, 담배꽁초, 껌, 나뭇조각들이 다른 사람들을 행복하게 만들어주었다. 오직 도대체 무어라 이름붙이기가 민망할 만큼 형편없는 것과 형태 없는 것들만이 독수리들이 마지막으로 청소를 한 뒤에, 위험한 생선 가시로 가득 찬 칙칙한 색깔과 재투성이의 시큼한 반죽으로 졸아들어 이곳에까지 도달하는 것이었다. 웃통을 벗고 입마개를 쓴 우리는 가능하면 숨을 들이마시지 않으려고 노력하면서 깨진 백열전구와 바닥까지 알뜰하게 긁어낸 멜론 껍질, 필발 이 묻어 붉게 변한 신문 조각, 불에 반쯤 탄 생리대 쪽으로 코를 가까이 갖다대고 원고를 찾았다. 우리는 이 쓰레기 속에서 이 도시 구조의 쇠잔한 이미지 같은 것을 발견했다. 가난이 만들어내는 쓰레기는 부富가 만들어내는 쓰레기와는 다르다. 각 계급은 그 나름의 오물을 가지고 있으며, 일시적인 불평등을 보여주는 사소한 지표들이 여기에도 존재하였다. 우리가 삽질을 한 번 할 때마다 구역이 바뀌었다. 크리스탈 극장의 주황색 극장표가 지나가고 나자 새우와 뒤섞인 낡은 필름조각들이 텔리에의 사진관과 사키 바를 표시했다. 몇 미터 더 가서 칠튼 클럽의 더 사치스런 광맥(외국 신문, 항공용 봉투, 카멜 담뱃갑)을 찾아낸 티에리는 우리 호텔 쪽으로 신중하게 파고 들어갔다. 무더위와 지독한 악취,

---

필발 후추과의 상록식물의 열매. 햇볕에 말린 것을 향신료나 한약재로 사용한다.

그리고 무엇보다도 독수리들 때문에 수색작업은 진척될 기미를 보이지 않았다. 우리가 일손을 멈추고 삽에 몸을 기댄 채 숨이라도 돌릴라치면 그놈들은 우리가 그처럼 꼼짝 않고 있는 게 뭔가 바람직한 징조라고 지레짐작하고는 우리 쪽으로 종종걸음쳐 오면서 우리가 흙덩어리로 그놈들을 정확하게 겨냥하여 그놈들의 생각이 잘못되었다는 걸 알려줄 때까지 역겨운 고함을 내질렀다. 다른 놈들은 또 우리가 판 구덩이 위에 암소 크기만 한 그림자를 드리우며 우리 머리 위를 천천히 떠돌았다. 그놈들이 안달한다는 걸 어렵잖게 알 수 있었다. 우리가 뒤집어엎어놓은 걸 보고 그렇게 안절부절못하는 것이다. 이른 오후 무렵, 티에리가 고함을 치자 독수리들이 한꺼번에 날아올랐다. 티에리는 몹시 뜨겁고 더럽혀진 봉투를 자랑스럽게 흔들어 보였다. 하지만 그 안에는 아무것도 들어있지 않았다. 그로부터 한 시간에 걸쳐 미친 듯이 뒤진 끝에 찢겨져나간 1페이지의 네 단락을 찾아냈고, 이어서 삽은 아무 가치도 없는 검은 골재에 부딪쳤다. 우리는 루르드 호텔에서 멀어졌다. 더 찾아봤자 소용없는 일이었다. 쉰 장에 달하는 크고 질긴 종이는 이곳에서는 아무 위치도 차지하지 못하는 자산을 의미했다.

지칠 대로 지친 우리는 삽을 질질 끌며 그 똥 묻은 봉투와 꼭 불에 눌어붙은 듯한 네 장의 종잇조각을 들고 자동차로 돌아갔다.

마지막 종잇조각에는 이렇게 쓰여 있었다.

"입을 막고 우리를 잠재우는 11월의 눈."

이곳에서는 모든 것이 부글부글 끓었다. 핸들은 손바닥을 태웠고, 우리 얼굴과 팔은 비 오듯 흘린 땀 때문에 소금으로 뒤덮였다. 그리고 기억은 어둠에 어렴풋이 둘러싸였다. 추위의 무게, 타브리즈, 한겨울?……. 나는 이 모든 것을 상상해내야만 했다.

저녁 여섯시, 축제가 저녁기도 때문에 중단되었다. 도시는 생과일향이 나는 빛 속에서 휴식을 취하는 중이었다. 운하를 따라서 산보객들이 뒤집혀진 자전거 사이에 엎드려 기도문을 중얼거렸다.

테렌스는 밤에 사키 바 문을 열 준비를 했다. 그는 전구와 작은 국기를 매단 꽃장식을 테라스에 비스듬히 내걸었다. 문에 걸어놓은 석반에는 '보물찾기(상품 있습니다), 메리메이커즈 밴드(브라간자가 빌려준 세 명의 파탄족 악사들)'라고 쓰여 있었고, 우리는 파리에서 온 천재 예술가들로 과대선전되었다.

우리는 파키스탄 축가로 포문을 열었다. 그리고 이번 기회에 써먹으려고 일부러 익힌 곡들을 잇달아 연주했다. 사람들이 많았고, 처음 보는 얼굴도 눈에 띄었다. 아프가니스탄에서 망명한 사람들이 한 테이블을 차지했고, 스팽글이 달린 드레스를 입은 아르메니아 출신 할머니는 술이 약간 취해서 상상 속 파트너의 어깨에 머리를 기댄 채 혼자 비틀비틀 춤을 추었으며, 그동안 근처 골목길을 지나가던 행인들이 공연을 보려고 몰려들었다. 가족적인 분위기였다. 우리가 힘이 빠져가자 메리메이커즈 밴드가 멋지게 드럼을 굴려 치면서 우리를 받쳐주더니 순서를 이어받았다. 사람들은 계속해서 〈체리의 시절〉을 다시 들려달라고 우리들에게 부탁했다.

　　……진홍빛을 띤
　　사랑의 체리가
　　피를 방울방울 흘리며
　　이끼 위로 떨어지네……

테렌스는 이웃들을 위해 번역을 해주었다. '체리'를 '석류'로 바꾸니 오마르 하이얌의 시와 같은 느낌이 났다. 이 명징한 슬픔이 발루치 사람들을 매혹시켰다. 사딕은 계속 우리의 잔을 채워주면서, 손을 가슴에 얹고 탁자에서 허리를 굽히는 말쑥한 차림의 노인들을 가리켜 보였다. 바람이 살짝 일었다. 아르메니아 여성이 더러운 손바닥으로 눈물을 닦으며 다시 자리에 앉았다. 사키 바는 이제 더 이상 만족스런 한숨과 정성들여 다듬은 수염, 새 터번, 차가운 발만이 아니었다.

냄새가 아니었다면 나는 그날을 잊어버릴 수도 있을 것이다. 하지만 비누칠을 하고 샤워를 하고 깨끗한 와이셔츠를 걸쳤는데도 쓰레기의 악취가 풀풀 풍겼다. 숨을 내쉴 때마다, 그 검은 평원이 연기를 피우며 최후의 불안정한 미립자들을 내뿜어 해방시키고 결국은 부동 상태로 돌아가 꼼짝하지 않던 모습이 떠올랐다. 설사 100년 동안 계절풍이 불고 햇빛이 비친다 한들 시련의 끝에 도달하여 마지막으로 환생한 그 물질에서는 풀 한 포기 나지 않으리라. 이 무가치한 것을 쪼아 먹는 독수리들의 신경은 여전히 건재하다. 썩은 고기의 풍미는 이미 오래전에 독수리의 기억 속에서 떠나버렸다. 재미나지만 일시적인 배합의 산물에 불과한 색깔과 맛, 심지어는 형체까지도 대부분은 메뉴에 없었다. 그들은 이 일시적인 개화를 무시한 채 완전히 무감각한 상태로 거기에 영원토록 앉아 데모크리토스의 냉혹한 금언을 곱씹는다.

달콤한 것도, 쓰디쓴 것도 존재하지 않는다. 오직 원자와, 원자들 사이의 빈 공간만 존재할 뿐이다.

이따금씩 테렌스는 그가 많은 것을 기대하고 있는 신들의 반감을 사지 않기 위해 문제들에 정면으로 맞서고, 좀 수상쩍어 보이는 거래를 하고, 기회를 최대한 이용하는 등 불현듯 현실적 태도를 취하기도 한다. 그럴 때면 그는 파티를 열거나 아니면 사

키 바 전체(오케스트라, 웨이터 두 명, 소다수 여러 궤짝, 얼음이 든 나무
통)를 일요대경마가 열리는 10킬로미터가량 떨어진 경마장으로
옮겨간다. 그것은 매우 인상적인 원정이었다. 모든 사람들이 노
란색 드로슈키(지붕이 없는 4륜 마차 - 옮긴이 주)에 발 디딜 틈 없이
올라타서, 기타는 다리 사이에 끼워넣고 오래된 《카라치 트리
뷴》 신문지에 싼 구워 먹을 스테이크용 고기가 들어있는 상자
는 무릎 위에 올려놓았다. 바짝 몸을 갖다 붙인 웨이터들은 낮은
목소리로 말다툼을 벌였으며, 마부는 시골 식료품점에서 볼 수
있는 맑고 우울한 놋쇠종을 울렸다. 우리는 우여곡절 끝에 간신
히 출발하여, 양쪽에 포플러나무들이 늘어선 흙길을 따라 경마
장으로 달려갔다.

우리는 기수의 체중을 재는 장소 근처, 유칼립투스나무로
둘러싸인 곳에 간이식당을 차렸다. 말 옷이 반짝거리는 그늘에
는 퀘타의 유목민들이 자리를 잡았다. 얼굴이 얽은 파키스탄 출
신의 뚱뚱한 지주들은 터번 대신 경마용 모자를 쓰고, 호박으로
된 염주 대신 작은 쌍안경을 들고 있었다. 짧은 줄무늬 조끼를
입은 경마 기수들 주변에서 콧소리가 섞인 영어로 최종 타협이
이루어졌다. 그보다 더 먼 곳에서는 내기꾼들이 '경마에 건 돈
표시기' 주변을 빙빙 돌고 있었고, 그동안 우리는 뒤피 가 다시
그린 이 모굴 제국의 세밀화 한가운데에 병들을 내려놓았다. 구
경거리는 볼 만했고, 경마에는 속임수가 등장했다. 이따금 가장

뛰어난 말이 '우승마'를 건성으로 지나쳐갈 때마다 기수가 거칠게 고삐를 당기는 바람에 관중석에서 웃음이 터져나오기도 했다. 그렇다고 내기의 흥미가 반감되는 건 전혀 아니었다. 사람들은 말 주인들에게 돈을 걸었고, 경마를 하려면 섬세함과 직관을 갖추어야 했다.

경기 사이사이에 우리는 가능한 한 가장 큰 소리로 악기를 연주했다. 초라한 아르페지오와 성긴 베이스가 아이들의 고함과 말 울음소리, 뽕나무 뒤에서 열병 준비를 하는 발루치 연대 군악대의 백파이프 소리에 뒤덮여 묻혀버렸던 것이다.

콘티넨털 아티스트가 청중들을 끌어모았다는 기억은 없다. 웨이터가 콧노래를 흥얼거리며 발목을 주물렀다. 테렌스는 진이 여기저기 묻어있는 프루스트의 《게르망트 쪽》을 다시 읽으며 우리가 그에게 수없이 반복해서 가르쳤던 탱고곡을 듣고 새삼스레 감탄스런 표정을 짓거나, 아니면 손님이라도 몇 명 끌어볼 수 있을까 하는 생각에서 흥분한 표정으로 손바닥을 두드려가며 곡에 박자를 맞추었다. 아무 소용없었다. 발루치 연대가 계속 행진을 하는 바람에 우리의 수입은 목이 타는 듯 갈증이 심해지는 시간보다 오히려 더 줄어들었다. 아무도 이 구경거리를 놓치려 하지 않았다. 맨앞에는 머리가 당근 색깔인 스코틀랜드 출

라울 뒤피(1877~1953) 프랑스의 화가. 디자이너, 직조 예술가. 경쾌한 색채와 선으로 된 독특한 회화가 특징이며, 경마장은 주요 소재였다.

신 군악대장이, 그 뒤를 호랑이 가죽을 걸친 고수鼓手들이 2열로 행진했고, 이어서 킬트를 입고 연대의 창설자인 로버트슨 대령의 큼지막한 면직 망토를 두른, 칠흑만큼 새까만 백파이프 연주자들이 따랐다. 마지막으로 칼과 가죽 각반을 차고 은색 깃털 장식이 달린 초록색 터번을 쓴 연대가 나타났다. 병사들은 활기차고 명랑하게 열 지어 행진했다. 얼굴에는 함박웃음을 짓고 있었다. 우리나라에서 군인들이 분열 행진을 할 때의 엄숙하고 완고하며 가식적인 표정은 어디에서도 찾아볼 수 없었다. 휴식 시간에 나는 그들의 북을 빽빽이 채운 헌사를 자세히 살펴보았다. 델리, 아비시니아, 아프가니스탄, 중국 1900년, 이프르 1914년, 메시나, 버마, 이집트, 뇌브샤펠, 킬리만자로, 페르시아, 아르덴, 그리고 백파이프의 지원이 분명히 큰 도움이 되었을 평판 나쁜 수많은 다른 장소들. 활력을 주는 음악. 긴장되고, 신랄하고, 아이러니하고, 홀로코스트의 분위기를 물씬 풍기는 음악. 파키스탄인들이 자신들을 위해 일해달라며 붙잡는 바람에 눌러앉은 영국 장교들은 연대의 선두에 서서 행진하는 것이 마냥 행복해 보였다. 태양이 반짝이는 가운데 사키 바의 단골손님들이 지나갔다.

······개똥벌레. 나뭇잎 향기. 찰나의 차가움. 어둠이 내리고 있었다. 페르시아산 마의를 입은 순종마들이 퀘타로 가는 길로 다시 접어들었다. 졸음이 밀려올 정도로 술을 마시고 손가락

이 얼얼해진 우리는 경주를 끝내려면 아직 100미터는 더 달려야 하는 경주자처럼 아주 조용하게 연주했다. 테렌스는 한숨을 내쉬며 안 팔린 술병의 숫자를 세었다. 그는 이처럼 현실 속으로 진출했던 자신을 벌써부터 나무라고 있었다. 이렇게 움직일 필요가 없었는데 말이다. 그는 어떻게 다시 활기를 되찾을 것인가? 경마장 주변에는 바둑판 모양으로 오솔길이 난 시골이 사막까지 완만하게 펼쳐져 있었다. 선인장 울타리가 시골을 가로지르고, 점점이 서있는 파라솔 모양의 굵은 소나무들에서는 초록색 앵무새들이 잠을 자고 있었다.

나는 더러운 잔들이 담긴 통을 가슴에 꼭 부둥켜안고 마차 뒤편으로 돌아갔다. 서서 잠을 자던 말이 이따금씩 우리 앞을 가로막곤 했다. 진줏빛 수증기가 깃털처럼 역 위로 올라오고 있었고, 역에서는 밀수입한 차와 마실 물을 가득 실은 노스웨스턴레일웨이의 화물열차가 자혜단을 향해 떠날 준비를 했다.

"테렌스, 당신은 영국인이지요."

"내가 영국인이라고요? 영국인이 되느니 차라리 권총 자살을 하고 말지……."

<hr>

이프르 벨기에 서부 플랑드르에 있는 도시. 에페르라고도 한다.
뇌브샤펠 벨기에와의 국경 부근에 있는 프랑스 도시. 제1차 세계대전에서 '서부전선'상에 있었다.
아르덴 프랑스와 벨기에의 국경 근처에 있는 지역으로 프랑스 북동부, 벨기에 남동부와 룩셈부르크 일부에 걸친다.

그리고 그는 차분한 목소리로 이렇게 덧붙였다.

"나는 상인이 아니고 웨일스 사람이오. 그리고 그 점에서 아주 멋진 남자지요……."

정말 그랬다. 예를 들면 그는 빚쟁이들을 혼내줄 수 있을 만큼 수도에 친구들이 많았지만, 이런 관계를 싱싱한 새우가 든 바구니(결국 그중 반은 버리게 될)를 카라치에서 우선적으로 얻어내는 데 이용했다. 모래의 한가운데서 멜빵 달린 아코디언 소리에 맞추어 '참새우'를 손님상에 내놓는 것, 바로 이것이야말로 그의 명성에 어울리는 듯 했다. 이것이 그의 성공 방식이었다. 하지만, 그가 설렁설렁 관리를 하는 바람에 사키 바는 마치 지나치게 세련되어 오래 지속될 수가 없는 문명처럼 쇠퇴해가고 있었다. 최소한 테렌스의 친구들은 자기들이 마신 술값을 계산했지만, 친구의 친구들은 돈도 안 내고 그냥 가버렸다. 그러다가 경찰과 마권영업자들이 찾아오면 또 신경을 써서 접대해야만 했다. 그러고 나면 이번에는 그들의 친구들이 찾아왔다. 이 사슬의 맨끝에는 파탄족 포주들과, 터번을 대충 묶고 한쪽 구석에 서서 술을 마시는 낯선 사내들이 있었다.

어느 날 밤 일이 생각난다. 새벽 두시였다. 마지막 손님은 이미 오래전에 나갔다. 테렌스가 우리를 위해 이제 막 구워온 고기 조각을 바에서 열심히 먹고 있는데, 한 남자가 성큼 성큼 바 안으로 걸어 들어오더니 인사도 하지 않고는 우리 앞을 휙 지나쳐서 어두운 주방 안으로 사라져버렸다. 그리고 주방은 다시 완전한 침묵에 휩싸였다. 남자는 키가 컸고 천장은 낮았으므로 그는 틀림없이 허리를 구부리고 꼼짝도 하지 않은 채 어둠 속에 서있을 터였다. 테렌스는 여전히 책을 읽고 있었다. 나는 왠지 불편했다.

"저 사람 도대체 누굽니까?"

"그걸 내가 어찌 알 수 있겠습니까? 인사도 안 하는데."

테렌스가 살짝 짜증난다는 듯 대답했다. 하지만 테렌스는 불안하다기보다는 재미있다는 표정이었다. 그때 냄비가 부딪치는 소리에 이어 음식을 씹는 소리가 들려왔다. 그러자 테렌스의 얼굴은 미소와 함께 편안해졌다.

이날 밤에 나타난 유령의 뒤를 이어 굶주린 유령들이 은밀하게 출현할 것이다. 그리고, 얼마 있지 않아 흰색 스모킹 양복을 입고 저녁식사를 하러 와서 옥스퍼드 억양으로 말하는 사람들이 이곳에서는 하나의 추억에 불과해지리라. 어떤 집요한 힘이 사키 바를 매일매일 아래로 끌어내리고 있었다. 변화와 놀라움을 좋아하는 취향, 그리고 방종에서 비롯된 부드러움이 그 힘을 따르도록 사키 바에서 테렌스를 부추겼다.

우리가 사키 바를 떠나기 전전날 밤에는 손님이 한 명도 없었다. 잠을 자러 올라가는데 누군가가 들릴락 말락 두 번 문짝을 두드리는 소리가 들려왔다. 소형 오르간을 겨드랑이에 낀 쿠치족 악사였다. 그는 원숭이를 어깨에 얹고 인도 대륙 전역을 떠돌며 말의 목을 따서 죽이고 주문을 외고 횡재와 좀도둑질, 혹은 노래로 먹고 살다가, 사원을 피해 다니면서 인간은 떠돌아다니고 죽고 썩고 잊혀지기 위해 태어난다고 설파하는 떠돌이 광대 중 한 명이었다. 심지어는 브라간자조차도 그를 받아들이려 하지 않았다. 하지만 테렌스는 그에게 들어오라고 말하더니 술을 권했다. 그가 안뜰 한가운데 쭈그리고 앉더니 악기를 연주하기 시작했다. 왼손은 옆쪽에 위치한 송풍장치를 다루었고, 햇볕에 타서 새까맣게 그을린 큼지막한 오른손은 감미로운 소리를 내는 2옥타브 건반 위를 움직였다. 뜻이 분명치 않고 암시적이고 떨리는 음악은 송풍장치의 헐떡거리는 듯한 소리 때문에 들릴 듯 말 듯 했다. 중단된 악절과 조각난 멜로디가 아무것도 아닌 것에 꿰매지고, 큰 손가락이 키 두 개를 동시에 누르면 한 음이 마치 충실한 그림자처럼 다른 음을 쫓아갔다. 그러다가 그는 눈을 내리깔고 마치 붉은색 양털처럼 오르간의 비음 사이를 지나가는 허스키한 목소리로 노래부르기 시작했다. 일종의 탄식이랄 수 있는 그 노래는 보스니아의 세브다 노래들을 강렬하게 상기시켰다. 우리는 빨간 고추 냄새와 모스타르나 사라예보의 플라타너스 나무 아래 놓인 탁자들, 그리고 마치 이 세상을 견디기 힘든 무게에서 시급히 해방시켜야 한다는 듯 악기를 연주하던 다 해진 정장 차림의 집시들을 다시 떠올렸다. 그것은 그처럼 거칠고 무상한 슬픔이자, 변덕이며, 원산초 열매였다.

페르시아 전설에 따르면, 퀘타에서는 사산왕조의 바흐람 구르가 자신의 궁신들을 흥겹게 만들어주기 위해 만 명이나 되는 집시 곡예사들과 악사들을 모집했는데, 이들은 일단 돈을 받자 그를 속이고 서쪽으로 달아나 지난해에 우리가 백조가 머무는 계절에 그들의 후손들과 같이 하염없이 술잔을 비웠던 발칸 지역의 시골에 정착했다고 한다.

정비소에서 피곤한 하루를 보내고 나서 그렇게 추억을 더듬으니 그야말로 천국이나 다름없었다. 여행은 마치 나선처럼 그 자체 위를 다시 지나가면서 올라간다. 그것이 우리에게 신호를 보냈으므로 우리는 그냥 그것을 따라가기만 하면 되었다. 행복에 무척 민감한 테렌스는 마지막으로 남은 오르비에토산 술병의 마개를 땄다. 병마개가 튀어 오르면서 사키 바의 빚이 23루피 늘어났다. 그에게는 대수롭지 않은 일이었다. 그는 효율성의 단계를 초월한 무소유의 인간이었던 것이다. 휴직 중이고, 파산한 이 식당에서 옴짝달싹 못하고 있는, 도시 전체의 비밀과 빚과 낡은 모차르트 음반이라는 짐을 지고 있는 그는 우리보다 더 멀리, 더 자유롭게 여행하고 있었던 것이다. 아시아는 경력을 희생

쿠치족 아프가니스탄의 유목민족.
세브다 보스니아의 집시 음악.
원산초 지중해 지역에서 나는 식물로 정신병 치료제에 쓰인다고 한다.

하는 대신 운명을 선택하라고 사람들을 유인한다. 그렇게 하면 심장은 더욱 관대하게 맥박치고, 많은 것의 의미가 한층 더 명확해진다. 잔 속에서 포도주가 묽어지고 테렌스가 마치 밤새처럼 꼼짝도 하지 않고 주의를 기울여 별들이 제 갈 길을 가는 것을 바라보는 동안 하페즈의 시구가 떠올랐다.

> ……신비주의자도 이 세계의 비밀을 여전히 모르는데
> 도대체 술집 주인이 어떻게 그걸 그렇게
> 잘 가르쳐줄 수 있는지 궁금하네…….

별다른 증오심이 없다면 나는 오래 살 것이다. 하지만 지금 나는 파리에게 증오심을 가지고 있다. 그놈들 생각만 해도 눈에 눈물이 맺힐 정도다. 그놈들을 없애는 데 헌신하는 삶이 아주 멋진 운명으로 보일 정도다.

뭐든 천천히 하는 것이
시간을 허비하지 않는 가장 좋은 방법이다

아홉 번째 이야기 아프가니스탄

카불 가는 길

"코자크 고개[53] 말이우? 당신들은 안돼요!"

"식은 죽 먹기보다 쉬워요!"

"그 차로는 도저히 넘을 수가 없습니다."

"도로 상태가 아주 좋아요."

"도로가 여기저기 파헤쳐져 있다구요."

"오른쪽으로 돌아가요."

"무슨 일이 있어도 오른쪽으로 가서는 안 됩니다!"

이건 우리가 퀘타와 아프가니스탄 국경을 잇는 고개에 관해 이 도시에서 들었던 의견들 중 일부에 불과하다. 여기서는 항상 이런 식이다. 같은 길을 가본 유럽인들은 제멋대로 어려움을 과장하여 이야기한다. 발루치족들로 말하자면, 듣는 사람을 의기소침하게 만드는 정보는 절대 제공하지 않는다. 상대를 언짢게 만드는 건 그들의 본성이 아닌 것이다. 가장 좋은 방법은 자기가 직접 가서 보고 최악의 경우에 대비하는 것이다.

코자크 고개는 군에 의해 정성스레 관리되고 있었으며, 연기가 나는 돌더미 사이로 가파른 오르막을 이루고 있었다. 그런데 두 번째 비탈길 아래쪽에서 차의 엔진이 멈춰버렸다. 걸어서 여행을 하는 수밖에 없게 된 것이다! 자동차는 줘버리고 싶었다. 하지만 누구에게 준단 말인가? 반경 30킬로미터 이내로는 쥐새끼 한 마리 보이지 않았다. 우리는 별다른 확신 없이 배전기와 스파크 플러그를 청소하고 전선을 조절했다. 태양은 중천에 떠있었다. 담배도 다 떨어졌다. 게다가 열 때문에 동작이 미숙해져서 왼손이 냉각 팬 속에 끼어 손가락 네 개를 뼈가 보일 정도로 깊이 베이는 바람에, 숨이 턱 막힐 만큼 끔찍한 고통을 참지 못하고 도로 위로 나동그라졌다. 티에리가 출혈을 멈추기 위해 내 손을 수건으로 감쌌고, 우리가 가져온 모르핀은 이때 딱 한 번 사용되었다. 모르핀은 놀라운 효과를 발휘했다. 쓸모없는 그 손으로 굄목을 밀고 잡아당기고 설치하는 것이 쉬운 일로 느껴졌던 것이다.

다섯시, 우리는 정상에 도착했다. 시원한 바람이 얼굴을 스치고 지나갔다. 정상에서는 나병환자의 얼룩처럼 생긴 차만 시市와 뿌연 빛 속에 북쪽으로 끝없이 펼쳐진 아프가니스탄 평원이 눈에 들어왔다.

라스쿠르동,[54] 아프가니스탄 국경

아프가니스탄을 방문한다는 것은 아직까지도 하나의 특권이다. 불과 얼마 전까지만 해도 그것은 일종의 모험이었다. 인도의 영국군은 아프가니스탄을 확실하게 장악할 수가 없자 동쪽과 남쪽에서 이 나라를 접근하는 통로를 완전히 봉쇄해버렸다. 한편 우르두아프가니스탄인 들은 누가 되었든 유럽인들이 자기 나라 영토에 접근하는 것을 일체 불허하겠다고 맹세했다. 그들은 이 약속을 거의 지켰고, 그 점을 매우 만족스럽게 생각했다. 1800년에서 1922년까지 겨우 10명의 무모한 사람들(벵갈 연대의 탈영병, 계시를 받은 사람, 차르의 밀정이나 순례자로 변장한 여왕의 첩자)이 금지령을 어기고 이 나라를 여행하는 데 성공했을 뿐이다. 카이바르 고개를 넘을 수가 없었기 때문에 파탄족 민속 전문가인 인도의 연구자 다르메스테테르는 어쩔 수 없이 아톡이나 페샤와

우르두아프가니스탄인 우르두어를 쓰는 아프가니스탄인.

르 감옥에서 정보를 얻어야 했다. 고고학자인 아우렐 스타인 은 21년 동안이나 카불에 갈 수 있는 비자를 기다려서 겨우 받아내고는 이곳으로 갔으나 얼마 뒤 거기에서 죽고 말았다.

지금은 약간의 기지와 참을성만 있으면 된다. 그러나 해질 녘에 우리가 이 소중한 비자를 들고 퀘타와 칸다하르를 잇는 도로에 위치한 라스쿠르동 국경마을에 나타났을 때는 그걸 보여줄 사람이 아무도 없었다. 사무실도 방책도 아무런 검색도 없이, 오직 흙집들 사이로 난 비포장도로뿐이었다. 이 나라가 마치 방앗간처럼 활짝 열려있는 것이었다. 자벌레나방이 구름처럼 날아다니는 가운데 찻집에서 차를 마시던 병사 세 명은 세관과는 아무 관계가 없었다. 세관원은, 저녁기도를 드리려고 집에 간 것 같았다.

티에리가 그를 찾으러 갔다. 나는 완전히 얼이 빠져서 한 발자국도 옮길 수가 없었으므로 그냥 차 안에 남아있었다. 끝없는 기다림이 계속되었다. 마을은 마치 화덕처럼 검고 무더웠다. 나는 바구니 세공품을 어마어마하게 실은 트럭이 어린아이가 안내하는 대로 광장에서 운전하는 것을 지켜보는 데 잠시 몰두하다가 머리를 무릎 사이에 처박은 채 깜빡 잠들었다. 몸에 열이 올라 다시 고개를 든 나는 한 병사가 호의적이면서도 어리둥절한 표정을 지으며 코가 납작한 얼굴을 차창에 갖다 붙이고 있는 걸 보았다. 나는 다시 더 깊은 잠에 빠져들었다.

차문 열리는 소리가 나는 순간 나는 화들짝 놀라며 잠에서 깨어났다. 한 노인이 랜턴을 내 코밑에 들이대고 페르시아 말로 열심히 뭔가 재촉하고 있었다. 그는 흰색 터번을 두르고 길고 흰 옷을 입었으며, 정성스레 다듬은 수염에 주먹만큼이나 굵은 은 도장을 목에 두르고 있었다. 순간적으로 나는 그가 세관원이라는 것을 깨달았다. 일부러 자동차가 서있는 곳까지 와서 우리들에게 잘 가라는 인사도 하고 칸다하르의 의사 주소도 가르쳐준 것이다. 그의 의상과 위엄, 공무를 수행하며 보여준 친절한 모습 때문에 그가 너무나 호의적인 인물로 보였던 나는, 그만 바보같이 우리 비자가 이미 6주 전에 만료되었다고 말해버리고 말았다 (그가 곤란을 당하지 않도록 하기 위해). 하지만 그는 그 사실을 이미 알고 있었고, 그렇다고 해서 걱정 따위는 전혀 하지 않았다. 아시아에서는 꼭 정해진 대로 하지는 않으며, 게다가 6월에는 허용했던 우리의 통행을 8월이라고 해서 허용하지 않을 이유가 어디에 있단 말인가? 인간은 두 달 만에 그렇게까지 바뀌지는 않는 것이다.

아우렐 스타인(1862~1943) 영국의 고고학자이자 탐험가. 둔황을 발굴하고 중앙아시아를 세 차례나 탐험했다. 82세에 카불에서 사망했다.

칸다하르[55]

그날 밤의 칸다하르, 침묵에 잠긴 차가운 그곳의 길거리와 텅 빈
노점, 그곳의 플라타너스 나무, 나뭇가지가 그림자 속에서 더 무
거운 그림자를 만들어내는 비틀린 뽕나무, 우리는 이 모든 것들
을 보았다기보다는 꿈꾸었다. 도시는 한숨을 내쉬지 않았다. 단
지 여기저기서 드주(도로 양쪽에 파여진 깊은 도랑으로, 이곳을 흐르는
물은 온갖 용도로 다 쓰인다 - 글쓴이 주)가 희미하게 반짝이거나, 아
니면 우리 차의 헤드라이트 때문에 깨어난 작은 까마귀가 깍깍
거렸을 뿐이다.

특히 나의 관심을 끈 것은 잠을 자는 것이었다. 우리가 호텔
을 찾아 시속 10킬로미터로 돌아다니고 별들이 하나씩 사라져
가는 동안 '칸다하르'라는 단어는 연속적으로 베개와 털 이불,
예를 들어 앞으로 100년 동안은 누워있을 정도로 깊고 깊은 침
대의 형태를 띠었다.

칸다하르 호텔

의사가 도착하자 나는 잠에서 깨어났다. 그리스계 이탈리아 사
람인 것 같았다. 이런! 전혀 다른 사람이 올 줄 알았는데! 그는
반바지와 샌들 차림의 키 큰 미남으로서, 표정이 그것들과 일치

하지 않을 때는 너무나 불편해지는, 아름답고 위풍당당한 용모를 가지고 있었다. 나는 마치 박공이 매달린 문 뒤의 작고 보잘것없는 안뜰처럼, 그 엄숙한 얼굴 저쪽에 내적 삶의 그물이 있다는 것을 눈치 챌 수 있었다. 그는 그것 때문에 불편해하고 거기에 속박되된 듯 보였다. 불안한 표정을 지으며 오만하게 방 안을 성큼성큼 걷던 의사는 의자 하나를 확 낚아채 걸터앉더니 놀랄 만큼 낭랑한 목소리로 내게 소리쳤다.

"자, 어떻게 된 겁니까?"

나는 너무나 피로했던 나머지 간략하게 설명했다. 그러나 그같은 침착함은 이 의사가 좋아하는 스타일이 아니었다. 극적인 효과가 없는 것이 그를 당황하게 만들었다. 그는 어느 정도 남성적인 어조를 취하는 데는 성공했지만, 만일 우리가 거기에 응수하지 않을 경우 어떻게 그 어조를 계속 유지할 수 있는지는 알지 못했다. 그는 서둘러 나를 진찰하는 것으로 그러한 상황에서 벗어났다. 손? 2주일 뒤면 괜찮아질 거요. 열? 그냥 단순한 삼일열三日熱 말라리아에 불과합니다. 아니, 이건 농담이고, 금방 나을 테니까 수선 떨 거 없어요. 더 악화될 뻔했어요. 나도 여러 번…… 내가 자신의 목 아랫부분에 있는 이상하게 생긴 흉터를 보고 있다는 사실을 눈치 챈 그가 말을 멈추더니 웃으며, 꼭 나폴레옹 시대의 근위병이 팔이 잘려나가 그 안에 아무것도 없는 옷소매를 가리키며 "아우스터리츠 전투 때 이렇게 된 겁니다"

라고 말하듯, 간단하게 "바이올린을 너무 켜서 그런 겁니다"라고 말했다. 그러더니 우리에게 도발당하고 민감한 부분에 상처받고 무시당해서, 마치 들어왔을 때만큼이나 요란하게 나가고 싶다는 희망을 은밀하게 간직하고 있는 듯, 과장되다 싶을 만큼 강렬한 눈빛으로 나를 뚫어지게 쳐다보았다. 나는 이제 막 서른 시간 동안 잠을 잔 뒤였으며, 아무도 모욕할 생각이 없었다. 우리는 그를 모욕하기는커녕 반갑게 맞아들이고, 그의 프랑스어 실력을 칭찬하고, 그에게 발루치산 담배를 권했으며, 그동안 그는 멍한 표정으로 의자를 두드려 박자를 맞추며 콧노래를 흥얼거렸다.

그가 자신에게 부여한 이 역할에서 그를 난처하게 만드는 것은 과연 상대가 누구인지 정확히 알지 못한다는 사실이었다. 나는 그가 자신이 적절하다고 판단되는 언어로 우리에게 말하기 위해 우리를 분류하려고 애쓴다는 것을 느꼈다. 나는 그의 눈이 방을 재빨리 둘러보고, 우리의 짐을 살피고, 침대 아래 내던져진 꾀죄죄한 옷가지에 오랫동안 머무는 것을 보았다. 그가 별안간 아첨기를 띤 굵고 귀에 익은 목소리를 낼까 봐 두려웠다. 몇 가지 것들(티에리의 화판들, 녹음기)이 아직도 그를 어리둥절하게 만들고, 그가 결정을 내리는 걸 가로막고 있었다. 그렇지만 시간은 흘러갔고, 그가 들어온 지 벌써 10분이나 지났다. 그는 일종의 공포에 사로잡혔다. 결국 그는 포기했다. 그러자, 콜윈의 얼굴이 문득 위안과 고독, 젊음이 뚫고 나오는 더 수수한 차원의 얼굴로 바뀌었다. 유능하고, 쉽게 상처받고, 누가 곁에 있어주기를 갈망하고, 우리에게 책을 빌려주고 여기 와서 이야기를 나누고 무료로 나를 치료하겠다고 말하는 또 다른 인물이 나타났다. 문득 모든 것이 그에게는 너무나 쉬워 보인 것이었다. 그가 담배를 만지작거리던 손을 멈추자, 연기가 떠오르는 태양을 향해 똑바로 올라갔다. 그는 내 피를 뽑더니 샘플을 준비하면서 계속 혼잣말을 했다. 와일드를 좋아하는가? 그는 일이 없을 때는 와일드의 시를 이탈리아어로 번역한다고 했다. 그리고 코렐리는? 코렐리가 쓴 유명한 〈크리스마스 협주곡〉의 감미로움은 자기에게 큰 위안이 된다고 했다. 그것은 내가 예술가이기 때문입니다, 라고 그가 우리에게 말했던가? 그가 엄청나게 많은 음반에 너무나 열정적으로 몰두해서 그의 젊은 아내는 칸다하르에서 함께 살기를 포기했다고 한다. 차라리 그게 나았다. 여자들은 극단에 대해서는 전혀 아무것도 알지 못하기 때문이다. 그는 병원 꼭대기에서 혼자 밤을 보내며 아프가니스탄어로 소설을 쓰고 있었는데, 그는 이 방대한 심리 소설의 줄거리가 너무나 기발하다고 생각해서 아직도 우리에게 들려주기를 망설이고 있었다. 그는 몇년 전부터 이 일에 매달리고 있었으며 그것은 그의 골칫거리였

아르칸젤로 코렐리(1653~1713) 이탈리아의 바이올린 연주가, 작곡가. 바이올린 명인으로 불렸으며, 대표작은 〈크리스마스 협주곡〉〈트리오 소나타〉.

다. 그 작품을 마치기만 하면 그는 스스로 목숨을 끊을 것이라고
했다……

"뭐라고 하셨죠?"

그는 꼭 그렇게 할 것이라고 했다. 그는 이 말을 입 밖에 내
자마자 곧 후회했다. 하지만 이미 늦었다. 우리에게서 어렴풋한
미소 같은 것이 지나가는 것을 본 그는 어김없이 다시 허세를 부
리기 시작했다. 턱이 앞으로 나오고, 얼굴 표정이 굳어졌다. 그
는 다시 모차르트로 돌아가 현학자인 척 위엄을 과시하면서 쾌
활하게 콧노래로 주선율을 흥얼거리고, 우리들은 읽어봤자 이
해도 못하는 《쾨헬》과 월호를 우리에게 건네주고, 관현악 편성
에 관한 아주 사소한 사항에 관해 퀴즈를 냈다. 무슨 시험이라도
보는 것 같았다. 우리는 아시아에서 떠들썩하게 뛰어노는 쾌활
하고 분별없는 바보들이었다. 좋다. 그렇다고 해서 그가 예술과
바이올린에 대한 열정을 목에 상처가 남을 정도까지 추구했다
는 사실을 잊어서는 안 될 것이다. 게다가 그건 보통 바이올린이
아니었다. 기병총으로 무장한 헌병의 호위를 받아야만 여행할
수 있다는 이탈리아 아마티가家에서 제작한, 전세계에 다섯 대
밖에 없는 바이올린이었다.

그러나 시간은 흘러가고 있었고, 그는 여기에서 너무 오래
머물렀으며, 일이 그를 부르고 있었다. 아마도 산을 몇 개는 넘
어야만 할 것이다. 우리에게 날카로운 눈길을 던지고 난 그는 시

체를 성큼 뛰어넘는 것 같은 표정으로 방을 가로지르더니 짧은 미소를 던지고 나갔다.

"자네를 위해서 저 사람이 너무 빨리 글을 써버리지 않기를 바라자구."

티에리가 문을 닫으며 말했다.

그래도 그는 좋은 의사였고 진찰료 이야기를 꺼내는 것을 완강하게 거부했다. 그는 며칠간 계속 아침에 찾아왔다. 그럴 때마다 항상 쇠파리에게 괴롭힘을 당하는 순종 말처럼 불필요한 매력을 발산하며 정신없이 방 전체를 정신없이 휘젓고 다니는가 하면, 사실은 신비주의적인 니체적 인물을 구현하고 싶어 하면서도 겉으로는 자신을 존경해줄 것을 강요했다. 너무 외로워서 그러는 게 틀림없었다. 나는 거울 앞에 선 그를 보고 싶었다. 그동안 나는 침대에 누워 그를 바라보며 일종의 부러움을 느꼈다. 요컨대 그 불안한 나르시시즘은 피로로 인한 나의 무감각보다는 더 가치 있었다.

열이 오르락내리락했다.

밤이 되면 나는 꼭 술 취한 사람처럼 휘청거리는 다리를 끌고 중앙 광장의 가장자리에 자리를 잡았다. 사모바르 주전자의 수증기와 물담배 연기가 연한 노란빛으로 가을을 예고하는 고요한 하늘로 솟아올랐다. 소소리가 잘 울리는 이 서늘한 도시에서는 마치 바구니에 수북이 담아놓은 것처럼 무화과와 포도가 넘쳐났고, 녹차 냄새와 양기름 냄새가 풍겼다. 박박 깎은 머리와 터번, 아스트라한 모자, 성을 잘 내는 단호한 표정의 얼굴들 위로 드리워진 찻집의 그늘 속에 설탕을 미친 듯이 좋아하는 말벌들이 늘어서있었다. 이따금씩 염소 떼나 담황색 사륜마차가 구름 같은 먼지를 일으키며 광장을 가로질렀다. 서부 페르시아 분위기도 조금 났는데, 산악지방에 사는 부족들이 고집스럽게 오가는 것을 보면 그런 분위기가 더 강하게 느껴졌고, 또 페르시아인들이 지나치게 긴 자신들의 과거를 권태로워하는 걸 보면, 말하자면 정신적으로 점차 부식되어 야망을 억제하고 격정을 완화하다가 결국에는 신 자신을 지치게 만드는 걸 보면 그런 분위기가 조금 덜 느껴졌다.

어둠이 내리자 다시 몸에서 열이 나기 시작했다. 그러자 목소리들, 상점들, 실루엣들, 빛들이 마치 물레방아의 날개처럼 빙빙 돌기 시작하더니 곧 귀가 윙윙거리고 양쪽 팔꿈치 밑에는 땀이 흥건해서 내가 붙잡고 있던(나는 몸이 너무 약해졌다. 그래서 내 느낌에 지구력을 부여할 수가 없었다. 그래야만 기억에 흔적이 남게 할 수 있는데 말이다) 탁자를 쓸어가버렸다. 그렇지만 나는 광장 한가운데의 작은 기념물과 '영국인에게서 탈취'해서 광장 주변에 진열해놓은 여섯 문의 대포 앞을 쾌활한 표정으로 말없이 지나가고 또 지나가는 흰옷 차림의 산보객들을 아주 또렷하게 보았다.

"말라리아는 이제 독감만큼도 위험하지 않습니다."

당신을 처음 진찰하러 온 의사는 이렇게 자신 있는 어조로 말할 것이다. 그렇기는 하지만 말라리아는 우리가 말라리아에 관해 가지고 있던 생각을 이용한다. 그것은 말라리아 환자를 떨게 만들고, 약하게 만들고, 모든 일이 엄청나게 쉬워지기를 바라도록 만든다. 그저 잠잘 생각만 하고, 침대는 아주 안락해 보인다. 하지만, 파리들이 있다!

별다른 증오심이 없다면 나는 오래 살 것이다. 하지만 지금 나는 파리에게 증오심을 가지고 있다. 그놈들 생각만 해도 눈에 눈물이 맺힐 정도다. 그놈들을 없애는 데 헌신하는 삶이 아주 멋진 운명으로 보일 정도다. 내가 말하는 건 아시아의 파리다. 유럽을 벗어나보지 못한 사람들은 할 말이 없다. 유럽의 파리는 창문과 시렁, 복도의 그림자를 벗어나지 않는다. 이따금씩은 꽃 위에서 헤매기도 한다. 그것은 내부의 악령을 쫓아낸, 말하자면 순결한 파리 자신의 그림자에 불과하다. 죽은 것의 풍부함과 살아 있는 것의 방종에 버릇이 없어진 아시아의 파리는 끔찍할 정도로 후안무치하다. 끈기 있고 악착 같은 이곳 파리들은 아침에 일어나면 세상을 온통 자기네들 것으로 만든다. 낮에는 더 이상 잠을 잘 수 없을 정도다. 단 1분이라도 쉬려고 하면 이놈들은 당신을 죽은 말로 간주하고는 입 주변이나 결막, 고막 등 가장 좋아하는 부위를 공격한다. 당신이 잠들었다고 생각하면? 이놈들은 모험을 벌인다. 처음에는 불안해하지만 결국은 자기만의 방법으로 콧구멍의 가장 민감한 점막 속을 탐험하여 결국은 후다닥 일어나서 구토하도록 만든다. 하지만 아직 아물지 않은 상처나 궤양, 절개 부위가 있다면 당신은 어쩌면 잠깐 눈을 붙일 수 있을지도 모른다. 왜냐하면 그놈들은 서둘러 그 부위로 모여들 것이기 때문이다. 그리고 밉살스럽게 여기저기 휘젓고 다니는 대신 그놈들이 술에 취한 듯 꼼짝 않고 있는 걸 보아야 한다. 그때가 되면 한가해진 파리를 볼 수가 있다. 그놈들은 생긴 게 우아함과는 영 거리가 멀고, 몸도 완전한 유선형이 아니다. 그리고 신경을 잔뜩 거슬리게 하는 그놈의 끊어졌다 이어졌다 불규칙하고 우스꽝스런 비상에 대해서는 아예 언급할만한 가치도 없다. 옆에 없어도 전혀 아쉽게 느껴지지 않는 모기는 파리에 비하면 예술가다

바퀴벌레와 쥐, 까마귀, 메추라기 한 마리 죽일 만큼의 용기도 없는 몸무게 15킬로그램의 독수리들. 썩은 고기를 먹는 세계가 이렇게 존재한다. 여기서는 모든 것이 이빨로 잘근잘근 씹어놓은 것처럼 초라하고 추레한 갈색과 회색을 띠고 있다. 이 세계의 동물들은 꼭 제복 차림에 언제 어느 때라도 시중들 준비를 갖춘 하인들 같다. 그렇지만 이 하인들에게도 약점은 있으며(쥐는 햇빛을 두려워하고, 바퀴벌레는 겁이 많고, 독수리는 손바닥에 서있지 못

할 것이다), 파리는 자기가 이 말단들보다 낫다는 것을 아무 어려움 없이 보여준다. 그 무엇도 파리를 멈출 수는 없다. 나는 에테르를 체에 거를 때에도 거기에서 파리 몇 마리를 발견할 수 있으리라고 확신한다.

생명이 오고 가는 곳이라면 어디서나 파리는 혐오스런 무리를 이루어 분주하게 움직이면서 더 적게 가지라는 복음을 전도하고(끝내자…… 숨을 쉬려는 이 바보 같은 노력을 그만두자…… 그리고 위대한 태양에게 맡겨두자……), 저주받은 다리를 가지고 간호사처럼 헌신적으로 자기 자신을 깨끗이 한다.

인간은 지나치게 까다롭다. 그는 선택받은 죽음(삶의 그것을 보충하는 윤곽인)을, 뭔가 완성되고 개인적인 것을 꿈꾼다. 그는 그 꿈을 이루려고 노력하고, 때로는 그 꿈을 이룬다. 아시아의 파리들은 이런 구분을 하지 않는다. 이 혐오스런 생물체에게는 죽거나 살거나 마찬가지이며, 시장에서 잠을 자는 아이들(떼를 지어 조용히 움직이는 검은 파리 떼 아래에서도 죽은 것처럼 잠을 자는)을 보면 이놈들이 형체 없는 것의 완전한 하인이 되어 모든 걸 제멋대로 혼돈한다는 것을 알 수가 있다.

이를 분명하게 이해했던 옛사람들은 언제나 파리가 악마의 자손이라고 생각했다. 하찮음(겉으로만 그래 보일 뿐이다)과 편재성, 놀라운 번식 능력, 게다가 집 지키는 개보다 더한 충성심(모두가 당신 곁을 떠나도 파리는 계속 당신 옆에 남아있을 것이다)까지, 파리는 악마의 모든 속성을 가지고 있다.

파리는 그들의 신을 가지고 있다. 사람들은 시리아의 베엘제붑, 페니키아의 멜카르트, 엘리스의 제우스 아포미오스에게 제물을 바치고, 그들에게 이 혐오스러운 파리 떼를 데리고 더 먼 데로 가달라고 간절히 기도했던 것이다. 중세 사람들은 파리가 똥에서 태어나고 재에서 부활한다고 믿었으며, 죄를 짓는 자의 입에서 그놈들이 나온다고 생각했다. 클레르보의 베르나르 성인께서는 높은 설교단 위에서 파리 떼에게 벼락을 내린 다음 미사를 집전했다고 한다. 루터로 말하자면, 악마가 자신에게 파리 떼를 보내어 "내 서류에 똥을 싸게 했다"고 편지에 쓰기도 했다.

중국의 위대한 시대에는 파리를 퇴치하는 법을 제정했는데, 나는 모든 강건한 국가들이 어떤 식으로든 나름대로 이 적에게 관심을 두었다고 확신한다. 미국인들의 병적인 위생법을 조롱하는 것은 당연하다. 그렇지만 DDT 폭탄을 적재한 비행기가 아테네의 파리를 단번에 죽여 없앴던 날, 그들의 비행기는 조르주 성인의 자취를 정확히 따라갔다.

무쿠르[56] 가는 길

아프가니스탄에는 철로가 없지만 흙을 다져 만든 도로가 몇 군데 있으며, 이 도로를 이용하면 욕이 절로 나온다고 한다. 하지만 나는 그런 태도에 동조하지 않을 것이다. 칸다하르에서 카불로 올라가는 도로에서는 가축이 방금 눈 똥, 나막신의 흔적, 먼지 들속에서 마치 커다란 네잎클로버처럼 보이는 낙타의 발자국이 여기저기 눈에 띄었다. 도로는 높은 하늘 아래 넓게 펼쳐진 비탈길 사이로 이어졌다. 9월의 대기는 투명해서 멀리까지 전망이 탁 트여, 주조를 이룬 산뜻한 갈색을 배경으로 여기저기 날아다니는 자고새, 잎사귀 하나하나가 선명하게 드러나는 작은 포플러나무 숲, 어느 마을에서 솟아오르는 연기가 모두 뚜렷이 구분되었다. 제대로 자라지 못해서 오그라든 나무들도 도로를 따라 서있었다. 그래서 우리 차는 서양모과와 노랗게 변한 작은 배들이 양탄자처럼 깔린 길 위를 달려갔고, 차 바퀴에 으깨진 과일들이 풍기는 향기는 이 고적한 장소를 시골로 바꾸어놓기에 충분했다.

고적한 곳이라고? 반드시 그렇지만은 않았다. 물론 이곳에서는 인간에 앞서 자연을 느낄 수 있었다. 하지만, 한 시간가량 가다 보면 장난감처럼 연보랏빛과 연초록색으로 칠해놓은 높

베엘제붑 '파리떼의 왕'이란 뜻으로, 고대 시리아에서는 파리를 악령 혹은 악령을 옮기는 동물로 보았다.
멜카르트 페니키아의 항해의 신 혹은 바빌로니아의 죽음의 신을 의미한다.
엘리스 그리스 신화에 나오는 고대 도시국가.
제우스 아포미오스 '파리를 쫓아내는 자'라는 뜻으로 그리스의 엘리스인들은 정기적으로 파리 퇴치자에 대한 숭배의식을 거행했다고 한다.
클레르보의 베르나르(1090~1153) 시토회를 창립한 수도사. 중세회화에서 발 밑에 사슬로 묶인 악마가 함께 그려진다.

은 트럭들이 그 갈색의 세계 속에서 반짝반짝 빛나는 것을 이따금씩 볼 수 있었다. 햇빛에 뜨거워진 낫을 겨드랑이에 끼고 나귀 등에 올라탄 농부, 고슴도치, 혹은 곰과 앵무새, 방울 달린 붉은색 조끼를 입은 원숭이 두 마리를 데리고 버드나무 아래 자리잡은 쿠치족 떠돌이 집시들. 여자들(버럭버럭 소리를 질러대는 키 크고 뚱뚱한 여자들)은 잘 타지 않는 불 주위에서 분주히 움직였다. 차를 멈춘 우리는 그들이 우리를 놀리는 만큼 그들을 놀리다가 다시 출발했다.

이런 식의 만남이 적당한 간격을 두며 이어졌고, 도로 상태도 그다지 나쁘지 않아서 아무런 문제 없이 시속 30킬로미터로 달릴 수 있었다. 게다가 급한 일도 전혀 없어서, 차 지붕을 열어놓은 채 팔꿈치를 차창에 괴고 아침 일찍 별다른 말 없이 그 황량한 시골 분위기에 젖어 차를 달리는 것은 참으로 경이로운 체험이었다.

그런 속도대로라면 밤이 되어도 겨우 작은 언덕 하나밖에는 못 넘을지도 몰랐다. 하지만 우리 머릿속에는 오직 그 작은 언덕뿐이었다. 그것은 일종의 소유지가 되었다. 저녁을 먹으며 그 이야기를 다시 했다. 고개 위에서 잠을 잤고, 고개에 관한 꿈을 꾸었다. 우리가 올라오면서 추월했던 대상이 밤중에 도착했고, 우리는 거기에 탄 사람들이 랜턴을 요란하게 흔들며 다투는 바람에 잠을 깼다. 그것 역시 고개에 관한 것이었다. 그러나 이 고개는 지도에 나와있지도 않았고, 산이라고 이름 붙일 만한 산들은 북쪽으로 훨씬 더 멀리 있었다. 그것은 노랗게 변한 산악 목초지 한가운데의 마흔 개가량 되는 비탈길에 불과했다. 꼭대기에는 마른 돌로 지은 사원이 있어서 초록색 깃발이 보병총처럼 바람 속에서 펄럭거렸다. 하지만 우리가 이 고개에 도달하고, 넘고, 우리 것으로 만드는 데는 꼬박 하루가 걸리게 될 것이다. 여기에서는 뭐든 천천히 여유를 갖고 하는 것이 시간을 허비하지 않는 가장 좋은 방법이다.

사라이[57]

사라이의 찻집 주인은 지나가는 사람이 안 보려야 안 볼 수가 없는 광고 수단을 사용하고 있었다. 도로에 비스듬하게 통나무를 올려놓은 것이었다. 차를 세우고(그럴 수밖에 없었다) 보았더니 마른 나뭇잎으로 엮은 닫집 아래에 김이 모락모락 나는 사모바르 주전자 두 개가 양파 사이에 놓여있었고, 화로 위에는 장미꽃으로 장식된 다기茶器가 일렬로 늘어서있었다. 우리는 찻집 안으로 들어가서 통나무에 걸려든 사람들과 합류했다. 이들은 예의를 차려 잠시 우리에게 관심을 기울이더니 곧 다시 낮잠을 자거나 체스를 두거나 식사를 했다.

　이런 조심스러운 태도가 얼마나 예외적이며 고마운 것인지

평가하기 위해서는 다른 아시아 지역에 널리 퍼져 있는 끔찍하게 경솔한 분위기를 접해봐야만 한다. 이곳 사람들은 지나친 공손함은 예의가 아니라는 생각을 갖고 있다. 아프가니스탄의 대중가요에 따르면, 손님을 접대하면서 어디서 왔느냐고 묻는 것을 시작으로 "온갖 시시콜콜한 질문으로 손님을 녹초로 만드는" 사람은 괴상한 사람이다. 아프가니스탄 사람들이 서양 사람을 대하는 태도는 전혀 달라지지 않았다. 나약함의 흔적도 없고, 일부 시시한 인도인들이 내세우는 엉터리 같은 심리 능력의 흔적도 없다. 산의 영향을 받아서 그런 것일까? 아니, 그보다는 식민화된 적이 단 한 번도 없어서일 것이다. 영국인은 두 차례에 걸쳐 아프가니스탄 사람들을 무찌르고 카이바르 고개를 힘으로[64] 밀고 넘어가서 카불을 점령했다. 그러나 아프가니스탄 사람들은 두 차례에 걸쳐서 바로 이 영국인들을 저지하고 상황을 원점으로 돌려놓았다. 그러므로 되갚아야 할 모욕을 당한 적도 없고, 치유해야 할 콤플렉스도 없다. 외국인이라고? 피란지라고? 다 같은 사람이지, 뭐! 아프가니스탄 사람들은 그에게 자리를 내주고, 그 사람이 제대로 대접받는지 살펴본 다음에는 모두들 자기 일을 보러 간다.

망설임이라곤 허용하지 않는 그 통나무로 말하자면, 상식 그 자체다. 도대체 어떻게 이런 우스꽝스런 행동에 저항할 수 있단 말인가? 우리는 바가지요금을 낼 준비가 되어있었다. 하지만 그럴 필요가 없었다. 차는 뜨겁고, 멜론은 잘 익었으며, 가격은 그리 비싸지 않았던 것이다. 게다가 우리가 나가려고 하자 주인이 일어나더니 정중하게 통나무를 치워주었다.

영국과 아프가니스탄   영국은 러시아의 패권을 저지한다는 명목으로 두 번에 걸쳐 아프가니스탄을 공격했다. 제1차 영국-아프가니스탄 전쟁(1839~1842), 제2차 영국-아프가니스탄 전쟁(1878~1880). 그러나 제1차 전쟁은 영국이 2만여 명의 사상자를 내며 결국 퇴각으로 결론났고, 제2차 전쟁 후 영국이 아프가니스탄을 지배하는 듯했으나 제3차 영국-아프가니스탄 전쟁(1919년) 후 아프가니스탄은 영국으로부터 완전히 독립했다.
피란지   외국인을 의미하는 인도의 속어. 인도가 영국에게 점령당했을 때 영국인을 가리키는 말이었다.

아프가니스탄은 서양과 서양의 유혹에 대해 견고한 정신적 독자성을 유지하고 있다. 그들은 우리가 아프가니스탄에 대해서 그러는 것과 거의 똑같은 신중한 관심을 가지고 서양을 고찰한다. 자신들이 서양의 강요를 받도록 내버려두지는 않는 것이다.

아시아의 시간은 유럽의 시간보다
넓게 흘러간다

열 번째 이야기 카불

남쪽에서 온 여행자가 카불과 그곳을 에워싼 포플러나무, 얇게
쌓인 눈 때문에 김이 모락모락 나는 엷은 자주색 산, 그리고 시
장 위 가을 하늘에 둥실둥실 떠다니는 연을 보면 자기가 이 세
상 끝에 도착했다는 생각에 우쭐거리게 된다. 하지만 그 반대다.
그는 이제 막 세상의 중심에 닿은 것이다. 심지어는 어느 황제도
그 점을 언명한 바 있다〔인도 무굴 왕조를 창시한 자히르 웃 딘 무함마
드 바부르(호랑이)황제, 《회고록》, 파리, 1904〕.

무함마드 바부르(1483~1530) 칭기스 칸과 티무르의 후예로 뛰어난 군인이자 일기작가. 1504
년 아프가니스탄의 카불에 공국을 세우고 이를 기초로 해서 인도를 공격해 무굴제국을 세웠다.
무굴제국은 오늘날의 인도 북부와 파키스탄, 아프가니스탄에 이르는 지역을 아우르며, 1857년
영국이 인도를 침입하여 멸망할 때까지 인도 역사의 황금기를 구가했다.

"카불공국은 제4기 후대에 있으며, 고로 인간이 거주하는 세계의 중심에 자리잡고 있다. 카슈가르와 페르가나, 투르키스탄, 사마르칸트, 박트라, 보카라, 바다크샨에서 온 대상隊商들은 모두 카불로 향한다. 카불은 힌두스탄 과 호라산 의 중간에 있어서, 이곳에서 장사를 하면 많은 이문을 남길 수가 있다. 심지어는 이곳 상인들이 카타이(중국 북부와 그 속국)나 룸(터키)까지 물건을 싣고 간다 해도 이 정도의 이익은 보지 못할 것이다…… 3할에서 4할까지 이익을 남기고도 만족하지 못하는 상인들이 많이 있다.

카불과 주변 마을에서는 포도와 석류, 살구, 사과, 마르멜루, 배, 자두, 아몬드 등의 과일이 난다. 호두는 아주 풍부하다. 이곳에서 생산되는 포도주는 아주 독하다. 카불의 기후는 쾌적하며, 기후면에서 카불과 비교될 수 있는 도시는 이 세상에 존재하지 않는다. 사마르칸트와 타브리즈도 기후가 좋은 걸로 널리 알려져 있지만, 이 두 곳은 무척이나 춥다.

카불공국에는 다양한 부족이 산다. 계곡과 평원에는 투르크족과 아이막족, 아랍족이 산다. 도시에는 주로 사르트족이 살고, 지방의 다른 마을들에는 타지크족과 베레키족, 아프가니스탄족이 정착하였다. 카불에서는 아랍어와 페르시아어, 투르크어, 몽골어, 힌두어, 아프가니스탄어 등 열한두 개의 언어를 사용한다. 이처럼 다양한 민족과 방언을 발견할 수 있는 나라는 이 세상 어디에도 없다."

바부르 황제가 카불을 다스릴 당시 이 도시를 둘러싸고 있는 언덕에서는 33종이나 되는 야생 튤립이 자랐고, 그가 풍차와 반＃풍차, 4분의 1 풍차 등의 이름을 붙인 수많은 시냇물들이 흐르고 있었다. 그는 이 정도에서 기록을 멈추지 않는다. 카불국으로 피신하여(1501년) 별다른 어려움 없이 정권을 장악하고 나서 집필했던 《회고록》에서는 최소 열 쪽 이상 이처럼 세세한 목록이 계속된다. 당시 그는 채 스무 살이 되지 않았으며, 아무것도 그에게 좋은 결과를 가져다주지 않았다. 그의 친척들은 그가 페르가나에 갖고 있던 영지를 몰수해버렸다. 사마르칸트의 우즈벡 제후들은 그를 추적했다. 몇 년 전부터 그는 아무 결과도 나오지 않는 계획을 꾸미고, 지지자들을 모으고, 적과 싸우고, 끊임없이 도망치고, 몇 마리의 말들이 숨을 내쉬는 가운데 그에게 여전히 충성하는 부하들과 함께 한데서 잠을 자느라 녹초가 되어 있었다.

그는 카불에서 처음으로 편안하게 잠잘 수 있었다. 그는 곧

박트라 현재의 발흐.
보카라 우즈베키스탄에 있는 지역의 이름.
힌두스탄 힌두교의 땅이란 뜻으로, 여기서는 인도를 가리킨다.
호라산 이란 북동부. 실크로드의 중요한 교역로였다. 부록 지도 참고.

바로 이 도시를 좋아하게 되었다. 도시의 성벽을 수리하고, 정원을 조성하고, 목욕탕을 더 많이 짓고, 못을 파고(맑게 흐르는 물에 대한 이슬람교도들의 이 열정), 술잔치(그는 여기에 드는 비용을 주저 없이 다 냈다)에 모자라지 않을 만큼의 포도주를 빚을 수 있는 포도나무를 새로 심었다.

그는 많은 날들을 낮에는 매를 팔 위에 올려놓고 말을 탄 채 도처에 자고새와 개똥지빠귀들이 바글거리는 카불리스탄 과수원을 다니고, 더 유쾌한 저녁에는 사과나무 밑이나 비둘기장의 편편한 지붕 위에서 밤이 깊어지기를 기다리며 하시시를 피우기도 하고, 너무나 학식이 높아서 '발만 뻗으면 시인의 엉덩이에 가닿는' 인근의 헤라트 제후 앞에서 정부의 신하들이 얼굴을 붉히지 않도록 머리가 좋은 동행들과 함께 수수께끼 놀이를 하거나 짧은 시를 지어야(티무르 사람들 특유의 그 '장식적裝飾的인 지식'에 대한 애착) 했다. 이같은 추억은 그의 뇌리를 떠나지 않았다. 그래서 바부르가 자신에게 맞는 제국 하나를 인도에서 떼어 가졌을 때 20억 5000만 루피에 달하는 수입(눈이 휘둥그레진다)도 카불을 떠나는 그를 위안하지는 못했다. 그를 위시한 그의 병사들은 지루해했다. 그러자 그는 급히 기병 두 명을 보내 아그라에서 카불까지의 정확한 거리를 측정하게 한 다음, 이 거리를 가능한 한 빨리 통과할 수 있도록 중간중간에 갈아 탈 낙타와 말들을 배치시켰다. 이렇게 해서 그는 몇 년 동안 아프가니스탄산 포도주와 향기만 맡으면 감격해서 눈물을 흘렸던 멜론을 자신의 새로운 수도로 실어오게 했던 것이다. 하지만 그는 인도에서 할 일이 너무나 많았기 때문에 다시는 카불에 갈 수 없었다. 그는 죽고 나서야 그곳으로 돌아가게 되었는데, 시장 서쪽에 위치한 정원 안의 거대한 플라타너스나무 그늘에 그의 무덤이 있다.

이같은 자질을 가진 인물이 이성을 잃을 정도로까지 매혹된다는 것은 그 도시의 가치를 보여주는 증명서라 할 수 있다. 평상시에는 너무나 신중하던 그는 순진하게도 그것에 관한 모든 전설들을 기록했다. 곧, 카인이 이 도시를 건설했고, 노아의 아버지인 라멕이 이곳에 묻혔으며, 파라오가 자신의 후손들을 이곳에 살게 했다는 식이었다.

하지만 '이 세상의 중심'으로 말하자면, 그가 옳았다는 사실을 인정해야만 한다. 그런 주장은 어디를 가나 들을 수 있지만, 지금 그 정당함이 인정되는 것은 오직 이 경우뿐이다. 힌두쿠시의 고개와 인더스 평야를 향해 내려가는 고개를 지배하는 카불 지방은 몇 백년 동안 인도와 그리스화된 이란, 중앙아시아를 통한 중국의 문화 사이에서 체의 역할을 해냈다. 이곳을 아

디아도코이 '후계자'라는 뜻. 알렉산드로스가 후사 없이 죽자 휘하 장군들이 서로 후계를 자처하며 싸웠는데, 이 장군들을 가리켜 디아도코이라고 부른다. 이들은 약 40년간 전쟁을 계속하며 결국 제국을 분할통치한다.
헤카테 달의 여신, 대지의 여신, 지하의 여신 등 세 신이 한몸이 되어 하늘, 땅, 바다를 다스렸다고 한다.

주 오랫동안 장악했던 디아도코이가 네거리를 관장하는 여신인 '머리가 셋인 헤카테'를 숭배한 것은 결코 우연이 아니다. 그리고 기독교 시대가 시작될 무렵 그리스인으로는 아프가니스탄에서 마지막으로 작은 왕국의 왕을 지낸 헤르마이오스는 앞면에는 인도 글자가, 뒷면에는 중국 글자가 쓰인 자신의 주화를 제작하도록 했다. 그리하여 그것은 정말로 '사람이 사는 세계'의 중심이 되었다.

게다가 알렉산드로스가 이끄는 마케도니아인들(포도밭이 나타날 때마다 고향에 돌아왔다고 생각하며 "디오니소스 신이시여!"라고 외쳤던)의 시대 이후로 얼마나 많은 사람들이 오고 갔던가! 셀레우코스 니카토르가 서쪽의 라이벌들을 물리치기 위해 인도에서 사온 500마리의 코끼리. 조각된 상아와 티루스의 유리 제품, 이란의 향수와 화장품, 소아시아의 작업장에서 대량으로 만들어진 조악한 실레노스나 바쿠스 동상을 잔뜩 실은 대상. 환전상들, 고리대금업자들, 집시들. 어쩌면 동방박사 중 한사람인 카스파르는 인도-파르티아계의 펀자브 왕으로서, 《토마 행전》의 집필자들은 그의 이름을 잘못 썼는지도 모른다. 중앙아시아에서 쫓겨 쏜살같이 도착한 스키타이나 쿠치 유목민들은 오늘날의 화폐 전문가와 고고학자들에게 행운을 안겨주기 위해 각자 자기가 가진 돈을 미친 듯이 땅속에 파묻었다. 또 다른 상인들, 단순히 호기심이 많은 사람(이런 사람은 늘 있다)과 따라다니며 기

록(이 기록은 아마도 발견될 것이다)을 하는 하인들…… 유감스럽게
도 역사가들은 없다. 인도에서 돌아와 그곳에서의 위험한 순례
에 관해 투덜거리는 중국 불교도들, 경전이 잔뜩 든 그들의 짐.
다른 유목민들, 그중에서도 훈족은 가장 먼저 정착하여 그 사이
에 문명화된 사람들에게 난폭한 야만인의 인상을 남겼다.

그후 17세기에 엄격한 이슬람교가 출현했으나 기억을 남기
지는 못했다. 그 이후에도 이 교차로는 다른 많은 사람들을 보았
으나…… 이쯤에 그만두련다. 그러므로 다른 수많은 사람들의
뒤를 이어 이곳에 도착하는 오늘날의 여행자들은 겸허하게 행
동할 것이며, 누구든 다른 사람들을 놀라게 하려는 생각은 하지
말기 바란다. 그러면 그는 자기네들의 역사를 거의 완전히 잊어
버린 아프가니스탄 사람들에게 진심으로 환영받을 것이다.

아프가니스탄은 서양과 서양의 유혹에 대해 견고한 정신적
독자성을 유지하고 있다. 그들은 우리가 아프가니스탄에 대해
서 그러는 것과 거의 똑같은 신중한 관심을 가지고 서양을 고찰

셀레우코스 니카토르(기원전 358~기원전 281) 알렉산드로스 사후 분열된 제국의 승계권을 두
고 싸웠던 디아도코이들 중 한 명. 바빌론의 총독으로 임명되었고, 나중에 시리아와 이란 지역
에 셀레우코스 제국을 세웠다.
티루스 고대 페니키아의 항구도시.
실레노스 그리스 신화에서 바쿠스의 양부 또는 스승으로, 대개 술에 취한 모습으로 표현된다.
바쿠스 디오니소스. 그리스 신화에서 풍요와 술의 신.
토마 예수 12사도 중 한 명. 인도에 가서 전도를 하다가 그곳에서 죽었다고 전해진다.

한다. 그것들을 높이 평가하면서도, 자신들이 서양의 강요를 받도록 내버려두지는 않는 것이다.

카불에는 독립선언 이후 프랑스 고고학자들이 발굴한 유물들로 만든 작은 박물관이 있다. 그외 다른 유물도 있는데, 소장품의 파편과 박제가 된 족제비, 하수구를 보수하다가 발견한 주화, 투명한 수정 등 거의 모든 것이 다 있다. 1954년 관람객들은 따로 떨어진 1층의 의상 진열창 안에 있는 마오리족의 깃털 치마와 신강 지역 목동의 외투 사이에서 '아일랜드'나 '발칸'이라는 상표가 붙은 아주 평범한 스웨터를 보았다. 그것은 손으로 직접 짜서 빨간색으로 물들인 스웨터였다. 하지만 스웨터라니, 세상에! 우리나라에서 10월이 되면 전차 안에서 볼 수 있는 그런 스웨터라니! 실수로 진열된 것일까? 그렇지 않기를 바란다! 나는 새로운 눈으로 오랫동안 그것을 바라보았으며, 고백하건대 객관적인 관점에서 볼 때 이 포도주 색깔의 윗도리는 극락조의 깃털과 카자흐족의 외투 옆에서 영 초라하게 느껴졌다. 그저 유감스러워하는 수밖에 별 도리가 없었다. 어쨌거나 사람들이 그걸 입고 다니는 나라에 가보고 싶은 생각은 들지 않았다.

이 전시물은 나를 매혹시켰다. 스위프트식 반전이 일어나서 심장을 더 빨리 뛰게 만들고, 더 잘 이해하도록 한다는 느낌이 들었던 것이다. 이 유럽의 24년이 계속되는 동안 우리는 맘루크에 관해서는 언급하지 않은 채 십자군 병사들을 연구하고 신화들 속에서 원죄를 발견하려 애썼다. 하지만 신화 속에 무슨 원죄가 존재한단 말인가? 그리고 무역회사와 서방에서 온 몇몇 용감한 악당들이 인도에 마수를 뻗치기 시작하자 이 나라에 관심을 기울였다. 그러나 이 시기가 지나자 아프가니스탄 중심주의가 조금씩 태동하여 환영받았다.

도착하고 나서 일주일 뒤에 우리는 둘 다 병이 났다. 루트 사막을 건너고, 퀘타에서 과도하게 신경을 쓰고, 사키 바에서 밤을 새운 것에 대해 언젠가는 대가를 치러야 했던 것이다. 의욕도 생기지 않았고, 기력도 없었으며, 활기도 느껴지지 않았다. 우리는 모든 걸 지나치게 비관적으로 생각하는 경향을 보이며 잘못되어가는 것만을 눈여겨 보았다. 가서 사람들을 귀찮게 굴고 세미나를 개최하고 수채화를 전시하겠다는 생각, 그런 생각 중 어느 것도 우리 가슴을 기쁘게 하지 않았다. 우리가 이렇게 어찌할 바를 모르고 있을 때 행운의 여신이 나타나 한 스위스 의사를 만나게 해주었다. 이곳에 혼자 살던 이 유엔의 전문가는 우리가 건강을 회복할 때까지(오래 걸릴지도 모를) 자기 집에 묵으라고 제안했다. 그는 모든 것에 개방적이고, 관대하고, 세심한 이해심을 발휘하여, 늘 건성인 듯한 표정을 지었지만 사실은 자상한 인

조너선 스위프트(1667~1745) 《걸리버 여행기》의 작가.
맘루크 투르크계 백인 노예 출신 군인으로 십자군전쟁에서 이슬람을 위해 싸웠다.

물이었다. 그는 자신의 친절함이 거북하게 느껴지는 듯했다. 온갖 폼을 다 잡던 그 칸다하르의 의사와는 정반대였다. 반대로 이 카불의 의사는 마치 자신의 가슴에 달린 주머니에게 말하는 것처럼, 자신의 주장이 몹시 의심스럽다는 듯 고개를 숙이고 이야기했다. 그는 웃는 걸 좋아했고, 감탄스러울 만큼 우리를 정성껏 보살펴주었다. 요컨대 그는 친구였다.

이처럼 하느님이 도와주신 덕분에 나는 카불에 관해 바부르 황제가 그렸던 매우 유쾌한 초상에 가까운 추억을 간직할 수 있었다. 그런데 단 한 가지 예외가 있었다. 만일 간이 좋지 않다면 이 도시 전체에 밴 양기름 냄새를 참아내기가 힘들 것이다(모든 아프가니스탄 요리에는 이 기름이 사용된다 – 글쓴이 주). 그리고 한 가지 수정사항이 있는데, 포도주에 관한 것이다. 바부르의 시대에는 포도주가 철철 넘쳐흘렀다. 법은 매일같이 위반되었고, 터번을 벗어던지고 풀밭에 쓰러져 자는 주정뱅이들이 헤아릴 수 없이 많았다. 하지만 현재 아프가니스탄 사람들은 세계에서 가장 품질 좋은 포도를 생산하면서도 다시 금주시대로 돌아갔다. 카불에서는 술을 한 방울도 마실 수가 없다. 오직 외교관들만이 술을 수입할 수 있도록 허용된다. 다른 외국인들은 시장에서 파는 포도를 대량으로 사서 직접 포도주를 담가먹을 수밖에 없었다. 프랑스인들이 이 유행을 퍼뜨렸고, 몇몇 오스트리아인들이 그걸 따라했다. 9월이 되면 지질학자와 교수, 의사들이 포도주제조업자로 변신했다. 이웃들끼리 서로 도와가며 포도송이를 짓이기거나 아니면 포도즙을 항아리에 담는 것이다. 그리하여 저녁식사 시간이 되면 밀랍으로 봉한 포도주병들이 식탁 위에 올려졌다. 스페인산 포도주의 하나인 만사닐라 맛이 나는 그 포도주들은 그럭저럭 마실 만했고 때로는 단맛이 거의 안 나기도 했지만, 그래도 Z씨네 집이나 B씨네 집 것보다는 나았다(누군가 가 잔에 술을 따라주며 이렇게 귀에 대고 속삭였다). 그러나 가장 훌륭한 포도주는 여전히 이탈리아 대사 전속 신부의 포도주로서, 그는 몇 년 전부터 미사용 포도주를 만들어왔고, 그가 축복하는 것을 잊어버린 병들을, 그걸 받을 만한 자격을 갖춘 사람들에게 나눠주었다.

이웃을 실컷 약탈하고 난 우르두아프가니스탄인들은 외국인들도 자기들을 약탈하려 할 것이라고 오랫동안 의심했다. 이런 생각은 크게 어긋나지 않았다. 19세기에 그들은 유럽인을 향해 총을 쏘았다. 1922년이 되어서야 문을 살짝 열어 몇 명의 유럽인만 들여보냈다. 이런 절충적 태도는 나름대로 이점을 지니고 있었다. 왜냐하면 서양제국은 자신들의 악질 상인과 특무 상사, 싸구려 물건을 강요할 수 없는 곳에는 외교관이라든지 동양학자, 의사 등 호기심과 요령을 지녔으며 어떻게 아프가니스탄 사람처럼 행동해야 하는지를 아주 잘 아는 유능한 인물들을 보내는 것으로 만족했던 것이다.

카불의 작은 서양인 거리는 다양성과 매력, 기회를 제공한다. 이 도시에서 이틀 걸리는 곳에서 어떤 서양인도 발을 디뎌본 적 없는 계곡을 발견한 덴마크 사람, 옛 적敵으로서의 역할을 아시아에서 아주 잘 해내면서 편안함을 느끼는 영국 사람들, 몇 명의 유엔 전문가, 그리고 특히 이 사회의 중심 노릇을 하면서 유쾌한 분위기를 만들어주는 프랑스 사람들. 이 프랑스 사람들(마흔 명가량 되는)은 주임신부 사택의 정원 안쪽에 일종의 클럽 같은 것을 가지고 있어서, 일주일에 한 번씩 그곳에서 시원한 음료수도 마시고, 레코드도 듣고, 도서관에서 책도 빌린다. 또 이 나라를 구석구석 훤히 알고 있으면서도 잘난 척하지 않고 거기에 관해 이야기해 주는 사람을 만날 수도 있다. 그곳에 가면 즐겁고 활기차고 정중하게 환대받을 수 있는 것이다. 책도 읽지 못하고 길에서 14개월을 보내버린 나는 예를 들자면, 아라코시아나 박트리아에서 발굴작업을 마치고 돌아온 한 고고학자가 술잔을 손에 들고 자신이 연구하는 주제에 관해 입에 침을 튀기며 설명하고, 주화의 명각銘刻이나 작은 조각상의 회반죽에 관해 흥미로운 이야기를 늘어놓는 것을 보며 즐거워했다. 재치 넘치는 여성들도 있었고, 우리가 아주 관심 있게 지켜본 아름다운 여성들도 있었으며, 마치 자신들이 아직도 몽타르지나 퐁타무송에 살고 있기라도 한 것처럼 상석권上席權이라든가 뜨개질 견본, 작은 파이에 관해 은밀하게 얘기를 나누는 부인들도 있었다. 요컨대 그것은 각 개인들이 자신의 존재를 뚜렷이 드러낼 수 있을 만큼의 자유와 공간을 가진 활기차고 즐겁고 흥미로운 사교계로서, 보마르셰나 지로두, 혹은 페도가 쓴 작품의 배경처럼 보였다.

이따금씩은 욕구불만이 발작을 일으키기도 하고 즐거운 소문이 떠돌기도 했으며, 그럴 때면 죄지은 사람들은 라호르나 페샤와르에 가서 '격정'을 충족시키거나(이 작은 세계에는 가십거리가 그만큼 많았다), 아니면 국경까지 이어지는 300킬로미터의 무시무시한 비포장도로에서 일탈에 대한 대가를 미리 치르기도 했다.

이념적 갈등이 카불에서는 지방 수준으로 축소된 듯하며, 러시아의 외교관들은 다른 곳보다 입이 덜 무거운 것 같다. 이

아라코시아 아프가니스탄 남동부와 파키스탄 중북부에 걸친 지역으로 박트리아와 힌두쿠시 산맥을 접하고 있다. 가장 큰 도시는 칸다하르. 알렉산드로스가 건설했다고 한다.
박트리아 아프가니스탄 북쪽에 있던 고대 왕국. 힌두쿠시 산맥과 인도 사이에 있었다. 고대 중앙아시아 청동기 문명을 지칭하기도 한다.
몽타르지 프랑스 중부의 도시.
퐁타무송 프랑스 북동부의 도시.
피에르 드 보마르셰(1732~1799) 프랑스의 극작가.《세비야의 이발사》《피가로의 결혼》 등이 대표작.
이폴리트 장 지로두(1882~1944) 프랑스의 극작가이자 소설가. 대표작은 소설《시골 여자들》과 희곡〈지크프리트〉〈트로이 전쟁은 일어나지 않는다〉 등.
조르주 레옹 페도(1862~1921) 프랑스의 극작가. 일상을 소재로 한 해학적인 작품을 많이 썼다. 대표작은《자유교환 호텔》《막심에서 온 여인》 등.
라호르 파키스탄 펀자브 지방에 있다. 교통의 요지이자 무굴제국 이슬람 지배 시대의 중심지였다.
페샤와르 실크로드의 중요한 도시 중 하나로서 문명의 교차로였다. 파키스탄과 아프가니스탄을 연결하는 카이바르 고개에서 동쪽으로 50킬로미터 떨어져 있다.

것은 그들이 옥수스 국경 지역에서 심으려고 애썼던, 농사를 짓는 태평스러운 이웃의 이미지와도 관련이 있는 듯하다. 덜커덩거리는 움푹움푹 팬 차도를 구름 같은 먼지를 일으키며 그들이 단체로 이 도시에서 유일한 극장 앞 이발소에 가는 모습을 볼 수 있었다. 미용사들이 가위질을 하는 동안 그들은 긴장을 약간 풀며 감히 몇 마디라도 토막토막 대화를 시도해 보려고 애쓰기도 했다. 진지하고 고집스런(그들은 밀짚모자를 눈 바로 위까지 눌러 썼고, 그들의 넥타이 매듭은 주먹만큼이나 굵었다) 그들은 어떤 기본적인 호의를 찾으려고 애썼으며, 그들에게 호의를 보이지 않는 사람은 아무도 없었다.

독일 치과의사인 J씨의 병원에서도 그들을 만날 수 있었다. 이 의사의 아내가 기가 막히게 매력적이었기 때문에 드릴이 페달식이고 시설이 불완전했지만 병원은 늘 환자들로 붐볐다. 하지만 그들은 이곳에서 경계를 게을리 하지 않았다. 아프가니스탄의 가게에는 중립지대도 없고 타협적인 분위기도 느끼기 힘들기 때문이다. 이 대기실이 그들에게는 이미 서방이요, 서방의 함정이었다. 그래서 그들은 고개를 푹 숙인 채 그들을 위해 탁자 위에 놓아둔 잡지 《오고네크》의 과월호를 읽었다. 그들은 광고와 주부 일기, 교리를 다룬 칼럼을 한 페이지도 건너뛰지 않고 꼼꼼하게 읽다가, 마침내 정장을 입고 구두를 거울처럼 반들반들 윤이 나게 닦은 농부 한 사람이 사진기 앞에서 독자들을 향해 이를 드러내고 환하게 웃으며 트랙터를 운전하는 투르크멘 집단농장의 컬러사진에 이르렀다. 오랫동안 기다렸다가 이제야 마주보게 된 것이다. 어쩌면 여러분은 웃는 법을 잊어버렸으며 그 때문에 너무나 없어 보이는 이 사람들에게 호의 어린 흥미를 느끼게 될 지도 모른다. 이 강한 여성들에게 유행에 관한 몇 가지 조언을 한다거나, 아니면 볕에 그을린 남자들에게 "자! 광고는 건너뛰어요. 그렇게 중요한 건 아니니까. 얼굴 펴고 담배나 한 대 피우면서 우리 얘기나 좀 하자고요! 여기서 2킬로미터 떨어진, 세상에서 가장 이상한 나라에서는 그게 아무에게도 해를 끼치지 않아요"라고 말한다는 건 상상조차 할 수 없는 일이다. 어쩌면 그들은 그냥 우리를 보고 있지 않았는지도 몰랐다. 아마도 그들은 우리처럼 생각할지도 몰랐다. 우리는 그들과 접촉하려 할 수 있을지도 모른다. 하지만 그들은 그럴 수가 없다. 이것은 큰 차이다.

이따금 젊은 사람들이 그 '프랑스관'에 와서 후다닥 한잔 마시고는 사라졌다. 작지만 다부진 체격, 근육이 발달된 얼굴을 하고 너무 작아서 꽉 끼는 양복을 입은 남자들이 짝을 지어 나타

옥수스 아무다리야 강 주변의 지역을 일컬으며, 고대 중앙아시아 문화의 요람이자 가장 오래된 경작지 중 하나.
투르크멘 투르크메니스탄. 카스피 해에 접하고 있는 중앙아시아 남단의 나라. 1990년 소련으로부터 주권선언을 했다. 따라서 이 책의 저자들이 여행을 한 시기는 옛 소련의 일부였을 때다. 수니파 이슬람을 주로 믿는다.

났다. 그들은 포병학교나 비행학교, 지뢰제거학교에서 배운 프랑스어를 약간씩 구사했다(학교에서 프랑스어를 배우는 경우는 없었다). 그들은 환대를 받으며 온갖 것과 아무것도 아닌 것에 관한 질문을 받았는데, 대부분은 아무것도 아닌 것이었다. 왜냐하면 고리키와 소련의 작곡가인 하차투리안, 은자隱者 박물관을 제외한 주제는 어떤 것이라도 여전히 수상쩍게 느껴졌기 때문이다. 어쨌든 그들은 엄청나게 큰 손에 가려 보이지도 않는 샴페인 잔을 들고 신중한 자세로, 그러나 유쾌한 표정을 지으며 서있었다. 그렇다고 어리둥절해하는 것 같지는 않았다. 디드로는 농업혁명의 아버지이고 몰리에르는 부르주아의 철천지원수이며 토레즈(1930년에서 1964년까지 프랑스공산당의 서기장을 지냈다 – 영어판 옮긴이 주)는 세련된 스타일리스트라고 교과서에서 이미 읽었던 것이다.

1868년, 에미르 아브도르 라흐만은 "곰 같은 러시아와 사자 같은 영국 사이에서 꼼짝 못하는 염소처럼 불쌍한 아프가니스탄"이라고 말하면서 위선적인 어조를 취했다. 사실은 그의 통치에서 염소 아프가니스탄은 종종 두 이웃을 가지고 놀면서 속여넘기는 데 성공했고, 이 놀이에서 그가 보여준 정치적 능란함은 추종자들을 만들어낼 정도였다. 아프가니스탄은 성가신 이웃들에게 익숙했고, 혁명이 일어났다고 해서 별다른 변화가 일어나지는 않았다. 아프가니스탄인들은 원칙과 사실 사이의 모순에 난처해하지 않았다. 좋은 동양인으로서의 그들은 원칙이라는 것을 믿지 않았기 때문이다. 이 사회주의적이며 세속적인 공화국이 이슬람이 국교인 왕국의 군주에게 말 여덟 마리를 선물하는 것을 보고 놀라는 사람은 아무도 없었다. 사람들은 현재는 뭔가를 요구하기 위해 던지는 미끼이며 필요할 경우 러시아인들은 이슬람 사원이라도 지어주겠다고 제안할 것임을 알고 있었다.

미국인들로 말하자면, 보기가 좀 힘들다. 그들은 보통 교외에 살면서 책을 통해 이 나라를 배우고, 거의 돌아다니지 않으며, 툭하면 그들을 위협하는 바이러스와 병이 무서운 나머지 끓인 물을 마신다.

티에리와의 작별

바이러스와 병은 우리도 가만 놔두지 않았다. 티에리는 그림 몇

막심 고리키(1868~1936) 러시아의 작가. 가난한 사람들 편에서 작품을 썼다. 대표작은 《어머니》《어린 시절》등.
아람 하차투리안(1903~1978) 아르메니아 출신의 소련 작곡가.
드니 디드로(1713~1784) 프랑스의 계몽주의 사상가.
몰리에르(1622~1673) 프랑스 극작가. 본명은 장 밥티스트 포클랭.
모리스 토레즈(1900~1964)
아브도르 라흐만(1844~1901) 아프가니스탄의 왕. 영국에 의해 왕으로 추대되었고 아프가니스탄을 통일시켰다. '에미르'는 아랍어로 '사령관' '총독'이란 뜻으로, 이슬람권에서 왕족과 귀족의 칭호로 사용된다.

점을 전시하고 팔았을 뿐인데도 황달에 걸리는 바람에 여러 주일 앓고서야 겨우 나았다. 친구인 의사 클로드가 없었더라면, 그리고 어디를 가나 우리에게 호의를 베푸는 사람들이 없었더라면 과연 어떻게 티에리가 완치되었을지 알 수 없다. 11월 중순, 그는 뉴델리행 비행기를 탔다. 이곳으로 올 연인 플로를 위해 뉴델리에서 기차를 타고 실론으로 가서 이것저것 준비해놓기 위해서였다. 그는 날짜에 맞추어 가기 위해 너무 급했던 나머지 내가 병에서 회복될 때까지 기다릴 수 없었고, 게다가 몸이 너무 허약했기 때문에 자동차로 고개를 넘을 수도 없었고, 차로 인도를 내려가며 쌓일 피로를 견뎌낼 수도 없었다. 나는 몇 달 뒤 결혼식을 올리는 날짜에 맞추어 짐과 자동차를 가지고 가서 그들과 다시 만나기로 했다.

그 당시 아프가니스탄의 민간항공기는 '인도메르'라는 이름을 가진 작은 기업에서 운항하는 것이 유일했는데, 순례자들을 메카로 실어 나르는 이 기업은 수입의 대부분을 카펫 밀수로 얻고 있었다. 늘 신중한 정부는 이 항공사의 경영자 중 한 명을 항상 감옥에 가둬놓았다. 공항은, 그저 항공 표지가 설치된 들판에 불과해서 조금만 날씨가 안 좋으면 비행기가 뜨지 않았고, 첫 눈이 내리면 바로 폐쇄될 정도였다. 날씨가 괜찮아지면 에어 인디아와 KLM의 쌍발기가 이 공항을 이용했다.

나는 동틀 무렵 티에리와 함께 공항으로 갔다. 날이 추웠고, 도시 남쪽에 넓게 펼쳐진 갈색의 긴 미개간지는 우리가 타브리즈에서 보낸 처음 몇 달을 연상시키는 흰 서리로 뒤덮여있었다. 턱수염을 기른 시크교도가 조종하는 인도 항공기는 벌써 활주로에 도착해 있었다. 차단기를 통과하기 전에 우리는 이곳에서 티에리가 번(나는 여기서는 단 한 푼도 벌지 못했다) 돈을 나누었다.

나는 지프를 타고 돌아왔다. 떠오르는 태양이 포플러나무 꼭대기와 술레이만 산에 쌓인 눈을 스치고 지나가는 동안, 수확해서 시장의 편평한 지붕 위에 널어놓은 보리가 반짝반짝 빛났다. 카불까지 절반쯤 갔을 때 초록색과 푸른색이 칠해진(이 두 색은 언제나 기막힌 조화를 이룬다) 버스 한 대가 구덩이 속으로 굴러 떨어져 뒤집혀 있었다. 승객들은 버스 주변에 쭈그리고 앉아 담배를 피웠고, 그럴 줄 알았다는 듯 침착한 표정으로 어슬렁어슬렁 걸어 다니는 사람들도 있었다. 나는 이 나라가 좋았다. 티에리가 생각났다. 아시아의 시간은 우리의 그것보다 더 넓게 흘러가고, 우리의 완벽한 결합은 내 느낌으로는 십 년은 지속된 것 같았다.

며칠 뒤, 클로드는 일 때문에 아프가니스탄 남부로 내려갔다. 나는 프랑스 고고학자들이 얼마 동안 일을 좀 해달라고 내게 부탁한 북쪽의 박트리아를 향해 산을 지나갔다.

우리는 유일신을 믿는 '경전의 사람들'과 종교상의 사촌들쯤에 있었다. 우리가 천년 동안 서로를 학살했다는 사실도, 종종 가족 간에도 서로를 죽이고 '타부르'라는 단어가 사촌과 적을 동시에 의미하는 이곳 아프가니스탄에 비하면 그다지 대수롭지 않았다.

밤은 얼음처럼 차가웠다

열한 번째 이야기 힌두쿠시

카불에서 북쪽으로 60킬로미터 되는 곳에는 힌두쿠시 산괴가 펼쳐진다. 평균 높이가 4000미터에 달하는 이 산괴는 아프가니스탄을 동에서 서로 가로지르며 6000미터 높이에서 누리스탄 빙하를 융기시켜 두 세계를 갈라놓는다.

　　남쪽 경사면에는 초목이 시들어버린 고원이 아름다운 계곡과 만났다가 발루치 국경의 산까지 넓게 펼쳐진다. 햇빛은 강하고, 사람들의 수염은 검으며, 코는 갈고리처럼 구부러져 있다. 사람들은 파슈토어(파탄족이 쓰는 언어 - 옮긴이 주)나 페르시아어로 말하고 생각한다. 북쪽 경사면에서는 대초원지대의 안개에 걸려진 햇빛과 둥근 얼굴, 푸른 눈, 말을 타고 자신들의 오두막촌을 향해 빠르게 달려가는 우즈베키스탄 사람들의 퀼팅 천으로 안을 댄 외투를 볼 수 있다. 멧돼지와 능에(겨울새), 곧잘 마르는 물줄기가 옥수스 강과 아랄 해 쪽으로 완만한 경사를 이루며 골풀이 우거진 이 평원을 누비고 다닌다. 사람들은 입이 무겁다. 그들은 중앙아시아의 간결한 터키 방언을 사용한다. 그들이 아니라 그들의 말들이 생각하는 것처럼 보인다.

11월이 되면 매일 밤 카불로 북풍이 갑자기 강하게 불어 내려와서 시장에서 풍기는 온갖 악취를 쓸어가는데, 높은 산의 섬세한 향기는 거리에 남겨놓는다. 힌두쿠시가 손짓을 한다. 산괴를 볼 수는 없다. 하지만 마치 망토처럼 어둠 속에 펼쳐진 맨 앞의 산들 뒤편에서 그것을 느낄 수가 있다. 힌두쿠시는 하늘 전체를, 그리고 마음까지 온통 차지한다. 일주일이 지나면 머릿속에는 오직 산과 그 뒤에 펼쳐진 전원뿐이어서 그것들을 생각하다 보면 결국은 떠나지 않을 수가 없다.

힌두쿠시를 넘어 아프가니스탄령 투르크메니스탄(옛 박트리아)으로 가기 위해서는 카불 경찰서에서 내주는 통행증과, 아프가니스탄 우편버스나 북쪽으로 올라가는 트럭에 자리가 있어야 한다. 통행증은 자주 거부된다. 하지만 상대하는 경찰을 설득시킬 수 있을 만큼 단순하고 분명한 이유(이 지역을 구경하면서 여기저기 돌아다닌다든가 하는 등의)를 대면 그 경찰도 고개를 끄덕이며 통행증을 내준다. 모든 이슬람교도들은, 심지어는 경찰들까지도 잠재적인 유목민인 것이다. '드자한'(세상)이나 '샤흐라'

(탁 트인 길)라고 말해 보라. 그들은 모든 것으로부터 해방되어 진리를 찾고, 가느다란 초승달 아래서 먼지를 밟는 자신의 모습을 벌써부터 상상할 것이다. 그렇게 급하지 않다는 말을 덧붙이자, 내 통행증은 즉시 발부되었다.

카불시장. 저울 위에서 돌들이 부딪쳐 소리를 낸다. 싸움을 하는 자고새들이 부리를 버드나무 새장에 문질러 날카롭게 만든다. 철공소가 모여있는 곳에 가면 앞 돌출부를 화덕 위에 올려 놓은 트럭들이 세워져 있다. 백열의 금속이 식는 동안 운전사들은 무릎을 꿇고 앉아서 잡담을 나눈다. 물담배가 손에서 손으로 옮겨지고, 전하는 말과 정보가 차가운 대기 속에서 울린다. 쿤두즈 버스가 강으로 굴러 떨어졌대…… 라타반 고개에 붉은 자고새들이 우글거린다는군…… 가르데즈에서는 샘을 파다가 보물을 발견했다나 뭐라나. 새로 도착한 운전사들이 각자 자신의 일화와 짧은 소식을 가지고 이들과 합류하며, 시간이 지날수록 왕국의 '카더라' 신문은 연기를 피우며 트럭들의 거무칙칙한 동체들 사이로 올라간다.

이 트럭들에 관한 한 마디. 아프가니스탄 사람들은 어떤 결정을 내리기까지는 오랜 시간 뜸을 들이지만, 일단 결정하면 그것을 끝까지 밀고 간다. 이를테면 트럭을 한 대 사면 그는 시장 사람들이 깜짝 놀랄 만큼 어마어마한 짐을 거기에 실으려 한다.

그 엄청난 짐을 싣고 대여섯 번만 왔다 갔다 하면 큰돈을 벌게 될 것이다. 모든 사람들이 그에 관해 이야기할 것이다. 6톤짜리 맥이나 인터내쉬는 그의 야망을 만족시키기에 충분하지가 않다. 엔진이나 차대車臺는 아직 괜찮다! 하지만 짐칸은 좀 좁은 것 같다. 그러면 그는 짐칸을 떼어내 땔감으로 팔아버린 다음 그 자리에 페르슈산産 말이 열 마리 정도는 여유 있게 서있을 만큼 넓고 지붕이 없는 일종의 빙을 설치한다. 그러고 나서 화가를 찾으러 간다. 아프가니스탄에서 트럭 외부는 전체가 작은 붓으로 장식된다. 이슬람 사원의 첨탑, 하늘에서 뻗어 나오는 손, 스페이드의 에이스, 사방으로 뚤뚤 말린(왜냐하면 화가가 빈 공간을 구성한다기보다는 그것을 채운다는 생각을 갖고 코를 철판에 갖다댄 채 작업했기 때문이다) 코란 인용문으로 둘러싸인 기이하게 생긴 가슴을 꿰뚫는 단도. 작업이 끝나면 트럭은 이 경박한 장식 아래로 모습을 감춘다. 그러고 나서 남아있는 곳은 흡사 성상聖像과도 좀 비슷하고, '비유 베를린Vieux Berlin'이라는 상표가 붙은 과자 상자와도 좀 비슷하다.

그러고 나면 트럭운전사는 짐을 싣는다. 짐을 다 싣고 난 그는 트럭이 지나가게 될 도로를 마음속에서 달려본다. 만일 도로의 7미터 앞에 낮은 호두나무 가지가 있으면 그는 6미터 앞까지 갈 것이다. 그의 트럭은 처음에는 제법 빠르게 달린다. 하지만 트럭을 야외시장의 진흙탕에서 빼내는 건 정말 힘든 일이다. 그의 트럭은 양호한 상태를 유지할 수 있을까? 그럴 것 같지 않다. 그는 교외에 차를 멈추고 북쪽으로 가는 승객을 모집해서, 한 사람에 50아프가니를 받고 자루 사이에 앉힌다. 그러고 나자 트럭은 힌두쿠시와 마자르, 혹은 쿤두즈를 향해 덜그럭거리며 출발하고, 이틀이나 나흘, 혹은 이레 뒤면 연이은 기적(이같은 기적을 놀라워하는 사람은 아무도 없다. 신은 우르두아프가니스탄인이며 이슬람교도이기 때문이다) 덕분에 그곳에 도착한다. 트럭이 깊은 계곡 저 아래 어딘가로 굴러 떨어지지만 않는다면.

어두워질 무렵 철공소가 모여있는 시장에 들렀다. 집게로 화덕에서 끄집어낸 부품들에는, 눈을 끌 만큼 붉은 후광이 둘러쳐져 있었다. 목소리가 뜸해졌다. 아직 일하고 있는 운전사들은 그날 밤이나 그 다음날 아침 일찍 출발할 것이다. 나는 아무런 어려움 없이 북쪽으로 가는 트럭 한 대를 발견할 수 있었다.

다음날, 나는 동틀 무렵에 일어났다. 타브리즈에서 배낭에 넣어놓고 꺼내지 않았던 겨울옷을 걸치고 커피포트가 노래하는 소리를 들으며 구두에 기름칠을 했다. 몹시 추웠다. 나는 먼지로 뒤덮인 작은 마가목 숲을 통해서, 사과 도둑 두 명이 그들이 멘 자루만큼이나 크게 웃으며 담을 따라 도망치는 집 바깥의 과수원으로 갔다. 시장 쪽에서는 연기만 솟아오르고 있을 뿐 엔진 소리는 들려오지 않았다. 운전사가 일곱시라고 말했는데, 이 시간을 꼭 지키겠다는 생각은 그다지 없는 듯했다. 이곳 사람들은 생각보다 말을 덜 중요하게 생각한다. 그러니 그가 내일 무슨 생각을 할지 도대체 누가 장담할 수 있겠는가? 시간은 오직 신만의 것이며, 아프가니스탄 사람들은 미래를 침범하는 약속을 쉽사리 하지 않는다. 내일 아침…… 내일 밤, 혹은 사흘 뒤, 혹은 여영. 나는 미리 출발했다. 태양이 높이 떠오르자 트럭이 경적을 울리며 나를 따라잡았다. 나는 짐 위에 올라앉은 서너 명의 혈기 왕성한 노인들과 합류하여, 깍지 낀 두 손을 베개 삼아 스페어타이어들 사이에 누워 오전을 마쳤다. 트럭이 커브를 돌 때마다 함께 탄 사람들의 가는 다리와 슬리퍼, 수염이 내 시야에 들어오는 하늘을 가렸다. 우리는 카불 계곡과 차리카르 계곡을 잇는 작은 고개를 오르고 있었다.

트럭에 같이 탄 사람들과 함께 정오에 차리카르[59]에서 차를 마시고 쌀밥을 먹었다. 이 작은 마을은 왕이 사냥을 마치고 돌아오기를 기다리고 있었다. 그래서 마을은 정신이 하나도 없을 정도로 혼란스러웠다. 군인들이 통나무로 도로를 차단하고 왕의 행렬이 도착할 때까지 힌두쿠시 쪽으로 가는 차량통행을 일체 중단시켰다. 이건 트럭 운전사로서도 어쩔 수 없는 일이었으므로 그는 물병에 든 물로 씻은 손을 바람에 말리며 트림을 하기도 하고 곰곰이 무언가 생각하기도 했다. 그러다 그는 보초들 사이에서 사촌을 발견했고, 이 사촌이 운전대를 잡고 신중하게 운전한 끝에 트럭은 바리케이드 반대편에 가 있게 되었다. 아프가니스탄에서는 손쉽게, 그리고 항상 적절한 순간에 사촌을 발견할 수 있다.

해가 기울기 시작할 무렵, 트럭이 서쪽으로 커브를 돌더니 고르반드[60] 계곡으로 들어섰다. 밤나무와 호두나무, 포도나무를 심어놓은 검은 땅이 길게 뻗어있었고, 그 나무들에서 과일을 물리도록 먹은 찌르레기와 개똥지빠귀 같은 새들이 우박이 쏟아지는 듯한 소리를 내며 떼를 이루어 날아올랐다. 왕이 지나가게 될 길에서는 기대감이 넘쳐흐르는 듯했다. 도로 위의 모든 찻집은 이미 청소를 다 마쳤고, 안뜰에는 배가 쌓아올려진 식탁을 내다놓았다. 흰색 아마포가 덮인 식탁 위는 국화와, 바닐라향이 나는 야생 난초를 한 움큼씩 뿌려 장식했다. 찻집 주인들은 김이 모락모락 나는 찻주전자 뒤편에 쭈그리고 앉아 엄지발가락으로 슬리퍼를 연신 긁어대면서 왕의 행렬이 먼지를 일으키며 어둠을 향해 천천히 내려오기를 초조하게 기다렸다. 왕께서 그의 안뜰을 고르시면 축복이 있으리니. 왕께서 식탁에 앉으시면 두 번 축복이 있으리니. 왕의 시종이 떠나면서 돈을 내면 세 번 축복이 있으리니.

계곡을 올라가는 도중에 우리는 밤나무 아래 멈추어있는 왕의 행렬과 마주쳤다. 말을 탄 남자 몇 명이 대구경 화승단총을 어깨에서 허리로 비스듬히 매고 말의 등자에 창을 고정시키며 왕이 탄 지프를 호위하고 있었다. 트레일러에는 아직 온기가 남아, 검은 피가 길 위로 흘러 떨어지는 야생 양과 흰 반점이 있는 사슴, 능애들로 가득했다. 왕은 앞에 있는 긴 좌석에 두 명의 장교와 함께 앉아있었다. 세 사람 모두 똑같이 올리브색 튜닉을 입은 데다가 얼굴이 어둠 속에 있어서, 시장에 걸려있는 사진들이 너무나 친숙하게 만들어놓은 그 섬세한 용모를 구분해내기가 힘들었다. 호위병들은 바리케이드 너머에 서있는 이 떠돌이 트럭을 보자 불안한 생각이 들었는지 거친 말투로 이것저것 캐묻더니 타고 있는 말로 차 문을 막고 의심스러운 눈길로 운전석을 훑어보았다. 꼭 무슨 대살육이 벌어지기라도 한 것처럼, 짐승들의 털과 깃털이 어지러이 널려있기는 했지만 그렇다고 해서 사냥을 끝내고 돌아올 때의 그 기진맥진하고 태평스런 분위기는 전혀 느껴지지 않았다. 거친 태도로 질문을 던지는 호위병, 신경이 날카로워진 말, 꼼짝 않고 있지만 신경을 곤두세운 세 개의 실루엣은 오히려, 그다지 안전하지 않는 국경을 통과하는 여행자들에게 신중하게 행동하라고 암시하는 듯 했다.

그렇지만 계곡은 평화로웠고, 왕국은 그 어느 때보다 더 조용했다. 아프가니스탄에 왕위가 존재한 이후로는 늘 이처럼 신중한 태도가 견지되어왔으며, 그 덕분에 세 왕 중 한 명은 침대에서 숨을 거둘 수 있었던 것이다. 땅에 대한 애착과 부족들 간의 적대관계, 피의 복수가 서슴없이 방아쇠를 당기게 만드는 이 열정의 나라에서는 '어느 정도 선수를 치지 않으면' 통치하기가 힘들고, 적을 한 명 제거하면 여러 명이 복수를 하겠다고 덤벼든다. 축출된 장군의 추종자가 근거리에서 쏜 총에 아버지 나다르 왕이 맞아 즉사하고 아이가 고문을 당해 말 한마디 못하고 죽은 뒤로, 모하메드 자헤르 왕은 늘 경계를 게을리 하지 않았고, 잠을 잘 때도 한쪽 귀는 열어놓고 잤다. "이슬람 수도승 열 명은 닳아빠진 외투 하나만 입고도 편히 잘 수 있지만, 왕 두 명에게는 이 세상도 넓지가 않다"라는 속담이 있다. 이 목가적인 영지는 훨씬 더 좁은데도 그걸 탐내는 자들이 적지 않았다.

날이 어두워질 무렵 우리는 쉬바 고개의 남쪽 초입에 자리잡은 샤르데흐 고르반드 마을에 도착했다.[61] 짚을 섞어 벽토로 지은 집을 넓적다리만큼이나 굵은 포도나무 그루들이 뒤덮고도 모자라 골목길 위로 아치를 이루고 있었다. 포도송이 사이로 올라서면 마을이 훤히 내려다보이는 툭 튀어나온 암벽과 초저녁 별이 눈에 들어왔다. 꽤 높이 올라와서 그런지 추위가 살을 에는 듯했다. 고개를 내려온 대상隊商이 작은 광장을 차지하고 있었다. 두껍고 곱슬곱슬한 털로 뒤덮인 중앙아시아산 낙타 스무 마리가량이 물통 주변에서 김을 뿜었다. 그 뒤쪽에서는 이 짐승들을 몰고 가는 투르크멘 남자가 말 등의 안장 놓는 부분에 서서

고삐를 움켜쥐고 새가 지저귀는 듯한 소리를 내어 말을 흥분시켰는데, 말은 제자리에서 뱅뱅 돌았다. 째진 눈이 그의 붉은 얼굴에서 반짝거렸고, 외투는 부채꼴로 펼쳐졌다. 그는 서툰 페르시아어로 운전사들에게 정보를 주었다. 왕이 사냥하는 동안 반대쪽 비탈에 붙들려있던 러시아 트럭 여덟 대가 오늘밤 지나가리라는 것. 높은 산에는 새로 눈이 내리지 않았다는 것. 우리는 손을 호호 불며 찻집으로 몸을 피했고, 그처럼 반가운 소식을 듣고 기분이 좋아진 운전사는 모든 승객들에게 설탕과 차를 대접했다. 꾸러미에서 둥근 빵이 꺼내졌고, 처음에는 씹는 소리와 한숨소리만 들려왔으나 이윽고 귀가 뚫리자 강물 흐르는 소리가 더 가까이 들려왔다. 고개를 넘어다니는 사람들을 모두 아는 찻집 주인은 트럭 운전사와 승객들과 함께 그들이 지난번에 지나갔을 때의 이야기를 하기 시작했다. 말을 하면서 그가 아세틸렌 등의 불꽃을 올리자 서서히 찻집이 환해졌다. 불빛이 내게 미치자 그는 말을 멈추더니 이 외국인이 어디서 왔느냐고 물었다.

"스위스에서 와서 마자르로 가는 길입니다."

스위스? 그는 잘 알고 있었다. 스위스의 성이 그려진 카불 트럭이 자기 찻집 안마당에 주차한 적이 여러 번 있었다는 것이다……. 난공불락의 성이 바위로 둘러싸인 호수에 모습을 비춘다. 오만 해안의 소형 범선과 비슷하게 생긴 열십자 모양의 안테나가 달린 보트들이 푸른 물 위를 떠다닌다. 이 물은 시장에서 일하는 화가들은 잘 그리지 못한다. 특히 이곳 사람들 대부분이 소문으로만 아는, 파도가 등장하는 이 주제는 아마도 그들이 가장 아끼는 레퍼토리 중 하나일 것이다……. 그는 덧붙였다. 스위스의 산들은 꼭 바늘처럼 뾰족뾰족하게 솟아있는데, 얼마나 높고 계곡은 또 얼마나 깊은지 밤과 낮을 잘 구분할 수가 없다지요? 그래서 스위스 시계가 그렇게 돋보이는 게 아니냐는 말씀이었다. 그는 스위스의 장미와 멜론은 어떤지 내게 물었다. 나는 장미는 품질이 아주 뛰어나지만 멜론은 카불의 멜론과는 비교도 안된다고 말해 주었다. 그 말을 듣자 모두가 즐거워했다. 투르키스탄에서 코카서스까지 땅뙈기의 성공은 거기서 생산되는 멜론의 품질에 따라 좌우된다. 그것은 논쟁과 자부심, 위신의 주제다. 멜론 때문에 목이 잘리기도 했고, 존경받는 사람들은 부하라의 그 유명한 흰 멜론을 만져보기 위해 일주일씩이나 걸리는 여행을 기꺼이 하기도 한다. 내가 스위스의 멜론을 그렇게 말한 건 그들을 즐겁게 해주기 위해서였다. 스위스의 병사들은 누구나 자기 집에 총과 탄창 40개를 보관해둔다(이거야말로 엄청난 특권 아닌가!)는 말을 하려고 하는데, 운전사와 승객들은 그새 서양에 관해서는 말끔히 잊은 듯 외투를 펴더니 잠에 빠져들었다. 무두질이 제대로 안된 가죽에서 풍기는 염소 냄새는 심한 악취는

부하라　우즈베키스탄에 있는 도시. 이슬람 성지 중 한 곳이다. 멜론이 유명하다.

아니었지만 어쨌든 악취는 악취여서, 견디기 힘들었던 나는 안마당으로 나왔다.

밤은 얼음처럼 차가웠다. 보름달이 벼랑과 벼랑의 바위턱 위에 얹혀진 모양의 마을을 환히 비추자, 트럭의 돌출부와 집집마다 고리모양으로 엮어 발코니에 걸어놓은 고추가 반짝거렸다. 우리들 위쪽으로는 광활하게 펼쳐진 산들이 춥고 외롭다며 딱딱 소리를 냈다. 엔진 소리는 들려오지 않았고, 고개는 생명의 기미를 보여주지 않았다. 하지만, 생명이 끈기 있게 어둠을 뚫고 지나가는 것은 느낄 수 있었다.

경쟁관계에 있는 고개들(살랑 고개. 그리고 특히 쉬바 고개의 동쪽에 있는 하와크 고개는 더 높지만 옛날에는 더 많이 이용되었다 – 글쓴이 주)이 있기는 했지만 그래도 쉬바 고개를 넘어 다니는 사람들은 늘 있었다. 인도에서 돌아가는 중국 불교도들이 바미안 성지로 순례를 가기 위해 이 고개를 넘었다(눈雪이 천 리를 날아가네). 바부르는 이 고개를 수차례 넘어 다니다가 귀가 꽁꽁 얼어 '사과처럼' 크게 부어올랐다. 오랫동안 사람들은 갑자기 덤벼드는 하자라족 강도들(아라크술을 마시고 서쪽의 산악지대에 숨어있는 분리주의자들. '하자라'는 페르시아어로 천이라는 뜻. 천 명씩 집단을 이루어 사는 중앙아시아 부족으로서 칭기즈 칸의 후손이라고 믿어졌다. 그러나 지금은 오히려 옛날에 파미르 고원에서 살던 중국-티베트계 주민들의 후손이라고 간주된다 – 글쓴이 주) 때문에 여러 명이 무장을 하고서야 이 고개를 넘는 위험을 감수했다. 그러자 이번에는 사나운 산악 게릴라들이 나타나 고개 양쪽 비탈에 사는 사람들 사이에서 싸웠다. 그리하여 이곳에는 배신과 산 타기, 백 배는 더 크게 메아리쳐 들리는 화승총 소리가 끊임없이 이어졌다. 토벌전도 벌어져서 대포가 지나갈 수 있도록 낙타들이 눈길을 다져 단단하게 만들었다. 하지만 이건 과거의 일이다. 지금 고개는 평온하다. 이성을 되찾은 하자라족은 카불시장에서 외투 안쪽에 포도주를 숨기고 다니며 판다. 트럭 꼭대기에 올라타 고개를 넘는 사람들이 걱정할 것은 이제 가벼운 동상과 돌풍, 눈사태뿐이다.

물고기가 많은 강처럼 쉬바 고개는 지류들을 먹여 살린다. 고르반드 여관 주인은 뭘 좀 아는 사람이었다. 정확히 여정의 중간지점에 자리를 잡았던 것이다. 북쪽에서 오는 트럭 운전사들은 절반을 무사히 왔다는 이유로, 남쪽에서 오는 트럭 운전사들 역시 고개를 오르기 전에 다시 한번 용기를 내기 위해 이곳에서 진탕 먹고 마셨다. 트럭 운전사들과 승객들, 대상을 이끄는 사람들은 그의 안마당에서 이런저런 물건과 소문, 소식을 교환하였고, 이 유목민들을 통해서 그는 자기 집 문턱을 넘지 않고도 세상에 눈을 크게 뜨고 있을 수 있었다. 그가 아프가니스화貨와 루블화, 루피화로 가지고 있는 돈, 그의 라호르산 커리, 주물 제조한 러시아산 난로, 그의 메카 순례, 그의 수완, 그가 단편적으로 기억하는 지식, 이 모든 것을 그는 이 고개에 빚지고 있다. 그는 거기에 관해 경건하게 이야기한다. 그러나 어떤 날 아침이면 동쪽 하늘 높은 곳에서 소리를 내며 지나가는 타슈켄트와 카불을 오가는 러시아 우편기에 관해서는 큰소리로 말하지 않는다. 그는 요컨대, 산을 무시하며 자신의 밥벌이를 위협하는 이 탈것을 찻집 벽에 벽화로 그려놓기까지 했다. 그에게는 전혀 유리한 게 아닌 것 같았지만, 비행기는 마치 뾰족한 산봉우리 사이에서 길을 잃은 파리처럼 보였다. 비행기가 기울어진 정도나 거기에서 솟아나오는 불길로 보아 이번에도 산이 이긴 것으로 보였다.

나는 개들을 깨우지 않으려고 조심하며 살금살금 물 마시는 곳까지 올라갔다. 그 투르크멘 사람은 염소가죽을 몸에 둘둘 말고 자신의 짐승들과 함께 땅바닥에서 자고 있었다. 마을은 조용했지만, 쉬바 고개는 이제 막 침묵에서 깨어났다. 간헐적인 엔진 소리가 별들이 떠있는 하늘만큼이나 높은 곳에서 우리를 향해 내려오고 있었다. 나는 온몸이 꽁꽁 얼어서 여관으로 돌아갔다. 돈을 구두 속에 집어넣고 구두는 머리 밑에 놓아둔 다음, 옆에서 자는 사람의 수염 위에 두 발을 올려놓고 잠이 들었다.

아침이 되었다. 밤 사이에 도착한 러시아 운전사들이 잠을 자는 사람들 사이에 길게 드러누워있었고, 우리는 그 이방인들 사이에서 깨어났다. 그들은 타지크 이슬람교도들로서 먼지투성이 작업복 차림에 검은색 반장화를 신고 있었다. 그들은 나흘 전스탈리나바드를 출발, 테르메스에서 나룻배로 옥수스 강을 건너 다음 카불에 새 트럭을 인도해 주러 내려가는 것이었다. 키가 작고 민첩하고 말수가 적은 그들은 무척이나 마음이 편한 듯 잠이 덜 깬 커다란 눈을 비비며 이마에 손을 대고 절을 했다.

국경이 1500킬로미터에 달하고 경제적 의존도는 점점 더 높아지고 있었기 때문에, 우르두아프가니스탄인들은 강대한 이웃나라들과의 관계에 신중을 기할 수밖에 없게 되었다. '철의 장막'이 열리면서 한쪽으로는 석유와 시멘트, 소련 담배가, 또 다른 쪽으로는 말린 과일과 특히 타지키스탄에서 가공하는 아프가니스탄산 생사生絲가 통과했다. 철의 장막은 힌두쿠시에 여름 목초지를 가지고 있는 몇몇 유목민 부족 앞에서도 열렸으며, 이들의 이동 목축 문제는 협정에 따라 조정되었다. 공식적으로 알려지지는 않았지만, 옥수스 강을 건너 아프가니스탄으로 피신하는 타지크 탈영병들이 있었다. 이 이민자들은 일년 동안 감시를 받은 다음 동화가 되면 광활한 박트리아 평야에 자리잡고 농산물을 재배하는데, 몇 년 전부터 이곳에는 그들의 마을이 우

스탈리나바드 타지키스탄의 수도. 두샨베.

테르메스 우즈베키스탄 남부, 아프가니스탄과 국경을 맞대고 있는 도시.

철의 장막 당시 유럽이 북대서양 조약 중심의 세력(미국, 소련을 제외한 제2차대전 연합국측)과 소련연방 중심의 세력으로 나누어진 것을 뜻한다.

타지키스탄 1929년 소련공화국에 속했다가 1992년 독립했다. 섬유산업이 발달했으며 아프가니스탄과 국경을 맞대고 있다. 두 나라는 역사적으로 유대가 깊어서 타지키스탄보다 아프가니스탄에서 사는 타지크족들이 더 많다. 대다수가 수니파 이슬람을 믿는다.

후죽순처럼 생겨나고 있다. 이처럼 불법적인 왕래가 이루어지고, 그 때문에 우즈베키스탄 '밀수업자들'과 소련 국경수비대 사이에 소규모 교전까지 벌어지는데도 웬일인지 강 양쪽에 사는 사람들의 관계는 이상할 정도로 느슨하다. 아프가니스탄 사람들은 소련에 대해 두려움도, 증오도, 매혹도 느끼지 않으며, 오직 핀란드만이 그에 필적할 만한 자립적인 이웃의 지위를 유지하고 있었다(이 글은 물론 소련이 아프가니스탄을 침략한 1979년 이전에 쓰였다 – 영어판 옮긴이 주).

타지크 사람들은 아주 자연스럽게 우리와 함께 물담배를 피웠다. 이슬람교를 믿는 트럭 운전사들 사이에서는 인간도, 교리도 아무 문제가 되지 않으며, 파이프가 쉴 새 없이 입에서 입으로 전해진다. 아프가니스탄 사람들은, 라마단 단식기간 중에도 일을 해야 하며 부하라보다 먼 곳으로 순례여행을 가는 것이 허용되지 않는 이 불행한 신도들을 악의 없이 놀려댔다. 이들은 이미 대답을 아는 질문들을 서로에게 던졌다. 떠날 때 타지크 사람들은 마치 높은 데서 잘못 내려온 명령에 마지못해 복종한다는 듯 정치적 구호가 박힌 조잡한 비스킷을 몇 개씩 나눠주더니 트럭 시동을 걸고 구름 같은 먼지를 일으키며 카불 쪽으로 사라져갔다.

여관 주인은 난감한 표정으로 우리 짐을 살펴보았다. 그러더니 물론 나름대로 애를 쓰기는 했지만 빈틈없는 운전사라면 더 잘 실었을 것이라고 말했다. 주인은 마자르이샤리프로 보낼 짐보따리 여러 개를 트럭 운전사에게 맡기려고 생각하고 있었다. 그는 열심히 제스처를 취해가며 귀가 솔깃할 만한 조건을 운전사에게 제시했고, 운전사는 짐을 더 실을 경우의 이점을 서서히 이해하기 시작했다. 그들은 정오가 될 때까지도 협상을 하고 있었으며, 그 과정이 너무나 재미있었기 때문에 날이 어두워지기 전에는 해결될 것 같지 않았다. 나는 그냥 혼자 출발했다. 귀를 기울이며 몇 킬로미터가량 고개를 올라갔지만 다시는 그들을 보지 못했다.

오후 내내 11월의 쇠 냄새를 맡으며 고갯길을 걸었다. 밤이 되자 마른 돌담 위에 앉아 러시아인들이 주고 간 비스킷을 먹었다. 몸은 지칠 대로 지쳤으나 산은 조금도 가까워지지 않은 듯했다. 도로는, 밤이 재빠르게 어둠 속에 파묻어버리는 눈구덩이 사이를 통과했지만, 해발 5000미터를 넘는 코이바바 산맥의 높은 경사면에는 아직 여기저기 햇볕이 남아있었다. 나는 깜빡 잠이 들었다가 트럭이 이리저리 부딪치고 경적을 울리며 올라오는 소리에 다시 잠에서 깨어났다. 그건 내가 타고 갈 트럭이 아니었다. 하지만 트럭이 속도를 늦추면서 신호를 하기에 나는 트럭 뒷

코이바바 산맥 힌두쿠시 산맥과 이어지는 아프카니스탄 카불 남서쪽의 산맥.

부분을 잡고 기어올랐다.

조심스럽게 균형을 잡으며 짐을 만져보았다. 둥글게 말린 카펫들이 이슬에 젖어 축축해진 채 쌓여있었다. 이런 행운이! 힌두쿠시를 지나가는 건 무엇이든 그다지 좋아 보이지가 않았던 것이다. 악취가 풍기고 습기가 축축하게 배어나오는 러시아산 석유통과 함께 트럭을 타고 갈 수도 있고, 아니면 척추를 시리게 만들 시멘트 부대와 함께 갈 수도 있는 것이다. 트럭의 흔들림이 덜한 짐 앞쪽을 보니 담요로 온몸을 감싼 두 형체가 가장 좋은 자리를 벌써 차지하고 있었다. 이가 다 빠진 노인이 낡은 양털 옷 봇짐 사이에서 불쑥 나타나더니 의례적인 질문을 던졌다.

"도대체 어디를 이렇게 가는 거유?"

또 한 승객은 양탄자 아래로 완전히 모습을 감추었는데, 징이 박힌 슬리퍼 두 개만 삐져나와 계속 떨고 있었다. 하지만 짐 보따리를 보니 그가 어떤 사람인지 알 수가 있었다. 코란, 구식 라이터, 수박, 뾰족한 꼭대기에 쇠테 안경이 고무줄로 고정된 작은 양산…… 이슬람 율법학자였다. 제바크까지 간다고 했다. 그러니 앞으로도 추위에 더 떨어야 했다. 이곳에서 쿤두즈까지는 최소한 하루가 걸리고, 그러고 나면 도로가 동쪽으로 방향을 바꾸어 파이자바드까지 간 다음, 상태가 좋지 않은 비포장도로를 통해 제바크에 닿게 된다. 별다른 일이 일어나지 않는다면 2~3

일 걸릴 것이다. 그리고 제바크는 짚을 섞은 벽토로 지은 이슬람 사원과, 와칸 북부와 중국 국경으로의 접근을 통제하는 기마 순찰대가 그 안을 연기로 가득 채우는 오두막집 스무 채로 이루어져 있다. 그 너머에는 파미르 고원의 황량한 비탈만이 펼쳐져 있으며, 이곳에서는 몇 명 안되는 덫 사냥꾼들이 푸른 여우나 눈표범을 사냥한다. 그것은 누구도 바라지 않는 여행, 이 세상 끝으로의 여행이다. 제바크, 그곳은 피오그르(스위스 설화에 등장하는 상상의 도시 – 영어판 옮긴이 주)다.

트럭은 엄청나게 흔들거리며 더러운 눈으로 뒤덮인 비탈을 올라갔다. 차체를 뒤집어버릴 것처럼 들어올리는 짧고 위험한 비탈길을 보니 고개가 얼마나 좁은지 짐작할 수 있었다. 운전사는 갑자기, 그리고 자주 기어를 바꾸며 느린 속도를 유지했다. 모두들 신경을 잔뜩 곤두세우고 있지만 모든 건 다 운명이므로 불안해하지는 않았다. 하지만 쉬바 고개를 이용하는 사람들에게 자주 닥치는 고장과 파열, 낙반, 붕괴 같은 사태가 일어나 전에 인내심과 체념할 수 있는 능력, 경계심을 다시 발동시켜야 한다.

아시아에서 트럭을 타고 장거리여행을 하다 보면 '승무원'의 구성은 거의 동일하다. 차의 진짜 주인은 알라이시며, 차체를 뒤덮는 글들은 그가 이 트럭에 책임이 있다는 것을 상기시킨

다. 지상의 소유자는 '모타르 사히브'라고 불린다. 뭘 실어야 할지를 선택하고, 어려운 상황에서 운전대를 잡고, 어떤 코스로 가야 할지, 어디에서 숙박해야 할지, 식사는 어떻게 해야 할 지, 그리고 대초원 지대 한가운데 어디에 트럭을 멈추고 총을 쏴서 사정거리 안에서 모이를 쪼는 너새를 잡을 것인지 결정하는 것이 바로 이 사람이다. 나팔총과 주사위놀이 세트, 좌석 밑에 있는 기도용 양탄자는 그의 소유다. 그의 조수이자 보좌관은 '메스테리'라는 직함을 가지고 있다. 그는 전기공이며 기계공이자 대장장이로서 손에 잡히는 연장을 가지고 아무데서나, 무엇이든 수리한다. 고장이 심각하면 그는 지휘에 나서서 동업자들의 트럭을 멈춰 세우고는 가까운 철공소에 전갈을 전하도록 부탁하고, 얼마에 부품을 바꿔줄 것인지 와서 긴급조처를 취해줄 것인지 협상한다. 매일 밤 그는 트럭의 점화불꽃 분배장치와 점화 플러그를 분해하고, 기름투성이 상자를 겨드랑이에 끼고 여관으로 간다. 그가 이러는 것은, 절반은 신중함에서 비롯된 것이고(점화장치가 없는 트럭을 훔쳐 달아날 수는 없으므로), 또 절반은 손을 바쁘게 하기기 위해서다. 차를 다 마시고 나면 그는 잠자리에 들 때까지 전극과 금속판 등 빛을 내거나 반짝이는, 트럭의 영혼이랄 수 있는 그 작은 표면들을 반들반들하게 닦으며 시간을 보낸다. 그는 이처럼 매일 같이 자기磁氣와 관계를 맺으면서 진한 쾌감을 얻고 일종의 광채를 발한다. 길 위에서 몇 년을 보내고 나서 낡은 차체를 살 수 있는 돈과 그것을 완전하게 만들 수 있을 만큼의 부품들을 여기저기서 모으면 메스테리는 그 자신이 모타르 사히브가 된다. 또한 그는 주인의 딸에게 장가를 들어서 이 단계를 앞당길 수도 있으며, 너무나 많은 것들이 그에게 달린, 그 긴 밤 사이에 유리한 위치에서 값을 흥정할 수도 있다.

세 번째(라고 해서 절대 가장 하찮은 사람이라는 뜻은 아니다) 공모자는 온갖 구박을 다 받는 꾀죄죄한 옷차림의 소년으로, 킬리나르(영어 'cleaner'가 잘못 굳어진 말)라고 불린다. 그는 휘발유와 오일을 충분히 채워넣고, 트럭이 멈추어 서면 차를 준비하고, 날마다 차체의 장식을 조심스레 스펀지로 닦는 일을 한다. 고개에서는 차 뒤쪽에 매달려 가는데, 얼굴은 추위 때문에 뒤틀리고 손은 비탈길과 구불구불한 길에서 뒷바퀴를 받치는 데 쓰이는 무거운 나무토막을 꽉 움켜쥐고 있다. 그가 이렇게 밤새도록 뼈가 덜거그럭거릴 때까지 뒤흔들리고 얼음처럼 차가운 바람이 피워 문 담배꽁초를 조각조각내서 날려 보내며 그를 채찍질하는 동안, 운전석에서 내린 지시가 안쪽에 털을 댄 훈훈한 외투의 냄새와 뒤섞여 간헐적으로 그의 귀에 도달한다. 열다섯 살인 킬리나르들은 근육과 뼈, 성깔로 똘똘 뭉쳐있다. 그들은 이 나라의 거친 영혼들이다. 그 늑대 같은 얼굴에 미소가 떠오르기를 기대하

모타르 사히브 힌두어로 '어르신네' '님'이라는 뜻. 여기서는 '모터 님'쯤의 뜻.
메스테리 영어의 '마스터'라는 뜻.

는 건 무리다. 그들은 사회의 주변에서 살아간다.

잠을 잘 때가 되면 이 소년들은 어두운 구석에 매트리스를 까는데, 독자 여러분은 그들이 빨리 식사를 내오지 않는다며 여관 주인에게 퍼붓는 욕을 들어봐야 한다. 킬리나르들도 위력을 발휘할 때가 있다. 낭떠러지 길이나 U자형의 급커브 길에서 그들은 큰소리로 운전사에게 이것저것 지시한다.

"조금 더……, 스톱! 스톱하라니까요! 이런, 개 같은……"

그리고 이 때를 이용해 운전석에 앉아 편하게 가는 자들을 호되게 몰아붙인다. 하지만 그들로선 선택의 여지가 없다. 킬리나르와 그가 경고하는 쐐기가 없으면 짐을 너무나 많이 실은 트럭이 낭떠러지로 굴러 떨어져 박살날지도 모르기 때문이다.

힌두쿠시에서 킬리나르들이 큰돈을 모으는 경우는 드물다. 대부분은 너무 일찍 성숙해버린 4~5년의 삶을 끈질기게 비포장도로 위에서 살다가 어느 날 밤 어느 찻집의 판자 침대에서 갑작스런 죽음을 맞는다. 그들은 후임자에게 넘겨지는 나뭇조각보다도 더 짧은 삶을 살고 난 뒤 난생 처음 경의와 온정에 둘러싸여 이 덧없는 세상을 떠난다.

자정, 아니면 새벽 한시쯤 된 것 같다. 고개를 내려갔다. 옥수스 강의 얼음처럼 차가운 물과 합류했다가 결국은 중앙아시아 한가운데의 아랄 해로 흘러 들어가게 될 급류가 아래쪽에서 졸졸거리고 있었다. 세계가 이제 막 바뀌었다. 길은 어둠보다 더 검고 현기증이 날 만큼 아찔한 협로로 접어들었다. 도로는 곳곳이 강 쪽으로 허물어져, 좁고 경사진 샛길을 지나가야만 했다. 모타르 사히브는 트럭을 세우더니 투덜거리며 내려서 발로 흙을 눌러보았다. 트럭은 위험을 무릅쓰고 기어를 1단에 놓고 강쪽으로 살짝 기울어진 채 진창 속을 나아갔다. 차바퀴에서 튕겨져 나온 흙덩어리가 희미한 소리와 함께 강물로 떨어졌다. 트럭은 조금씩 앞으로 나가더니 결국은 단단한 땅에 도착하여 평형을 되찾았고, 그러자 운전석에서는 안도의 한숨과 함께 이런저런 말들이 흘러나왔다.

　　……차가 고장났다. 메스테리가 차체 밑에서 여기저기를 두드리며 불경스런 욕설을 퍼붓기 시작한 지 벌써 두 시간도 더 지났다. 우리가 앉아있는 그 높은 곳에서는 바람이 인정사정없이 얼굴을 후려쳤다. 노인이 짐보따리를 뛰어넘어 오더니 내 담요를 함께 덮었다. 그는 다 죽어가지만 아직은 따뜻한 온기를 간직한 닭들(발을 묶어놓았다)을 짐 사이에서 찾아내 발을 녹이는 데 썼다. 나는 모피로 안을 댄 챙 없는 모자를 끌어내려 귀를 덮고, 두 손을 넓적다리 사이에 집어넣은 다음, 두 눈을 감고 내가 지금까지 줄 수 있거나 받을 수 있었던 온갖 온기를 다 기억해내려고 애썼다. 아무 효과도 없었다. 그동안 온기를 충분히 나누어주지 않았던 것이 틀림없다. 구두 안쪽의 발은 이미 오래전에 얼

어붙었다. 입술은 아무런 감각이 없지만, 입 안은 담배를 피워서 그런지 아직 미적지근하다. 나는 축축한 양탄자에 등을 댄 채 끓인 포도주와 한 통 가득한 숯, 화로 위에서 툭툭 소리를 내며 익어가는 밤을 토막토막 꿈꾸었다. 깜빡 잠이 들었던 나는 닭들이 풍기는 시큼한 냄새에(아니면 담배가 끝까지 타서 내 입술을 데는 바람에 그랬는지도 모르겠다) 소스라치게 놀라 깨어났다.

만월滿月. 검은색과 붉은색이 뒤섞인 암벽이 300미터 간격을 두고 불쑥불쑥 우리 주변으로 올라오곤 했다. 머리를 뒤로 젖히면 별들이 숨을 내쉬는 것 같은 하늘의 테두리를 코이바바의 산들이 침범하는 풍경은, 마치 우물 바닥에서 바라보는 것처럼 그렇게 보였다. 결국 나는 자연이 제공하는 겨울의 마비 효과에 굴복하고 말았다. 트럭이 다시 출발하는 것을 느낄 수가 없었다.

해뜰 무렵 잠에서 깨어났다. 자고새와 오디새들이 쉰 목소리로 나를 불렀다. 트럭은 멈추어 서있었다. 내가 잠든 동안 많은 사람이 내렸다. 급류는 가늘고 완만하며 구불구불한 강으로 변했다. 도로 여기저기에 침식되어 빙하가 운반해온 돌무더기가 평원을 향해 완만한 경사를 이루고 쌓여있었다. 운전석 사람들이 내리더니 유향나무를 한 아름씩 주워서 불을 피웠다. 나도 트럭에서 뛰어내려, 둥글게 쭈그리고 앉아 살갗이 튼 두 손을 불길 쪽으로 내밀고 있는 형체들과 합류했다. 킬리나르가 차 끓이는 그릇에 물을 채웠다. 그 이슬람 율법학자는…… 나는 야윈 다리와 안경만 보고 그가 노인이라고 짐작했다. 그런데 둥근 머리를 박박 민 스무 살의 청년이 나를 호기심 어린 눈으로 살펴보고 있었다. 트럭 꼭대기에 올라타고 여행하는 외국인을 본다는 건 자주 있는 일이 아니었기 때문이다. 게다가 기독교인 아닌가. 그는 칼을 꺼내더니 내게 멜론을 한 조각 잘라준 다음 내가 권하는 담배를 한 개비 받아서 쭈그리고 앉아 피우며 계속 내 얼굴을 뚫어지게 바라보았다. 당황하고 있었지만, 그래도 눈동자 속에 무수한 신을 가진 카불시장의 힌두교도들보다는 나와 함께 있는 게 더 편한 것이 틀림없었다. 결국 우리는 유일신을 믿는 '경전의 사람들'과 종교상의 사촌들쯤에 있었다. 우리가 천년 동안 서로를 학살했다는 사실도, 종종 가족 간에도 서로를 죽이고 '타부르'라는 단어가 사촌과 적을 동시에 의미하는 이곳 아프가니스탄에 비하면 그다지 대수롭지 않았다.

우리의 신들은 싫든 좋든 간에 오랜 공동의 역사를 가지고 있다. 우르두아프가니스탄인들의 민속문헌에서 성경에 등장하는 인용문을 여럿 발견할 수 있으며, 《구약성서》는 그들의 일상생활로 가득 차있다. 그들에 따르면 카인이 카불을 세웠으며 솔로몬이 카이바르 고개 남쪽의 산 위에서 왕좌에 앉았다. 잇사(그리스도)로 말하자면, 그들은 우리가 모세나 예레미야를 아는 것보다 더 그를 잘 알고 있다. 죽는 날이 되면 그들은 자신들의 중재자 가운데서도 예수를 믿으며, 파탄족이 사는 지역에서는 임종을 맞아 만가輓歌를 부를 때 노아와 모세, 예수, 이브라힘(무함마드의 친구)에게 말한다.

"지혜를 가지신 당신이 아닌 누가 우리를 도와줄 수 있겠습니까?"

시장에서는 이 잇사의 컬러로 된 그림(물론 십자가에 못 박히지는 않았지만 중무장한 대천사들 사이를 떠다니거나, 아니면 어린 나귀의 불규칙한 종종걸음에 맞추어 자신의 심각하고 관대한 운명을 원숙하게 만드는)을 10아프가니에 살 수 있는데, 우리들의 집보다는 그들의 집에서 더 친밀감을 느낀다. 이곳 사람들은 그의 가엾은 이야기를 다들 잘 알지만 그렇다고 해서 그것 때문에 슬퍼하지는 않는다. 잇사, 그는 성격이 너무 유순해서 이 거친 세상에서 어찌할 바를 모르고 방황했던 인물이었다. 경찰은 그에게 적대적이었으며, 동행들은 산토끼처럼 게으름이나 피우다가 그를 배신하는가 하면 병사들의 횃불이 나타나자마자 도망쳐버렸다. 어쩌면 그는 너무 온순했는지도 모른다. "나쁜 사람들에게 좋은 일을 하는 것이 올바른 사람들에게 나쁜 일을 하는 것이나 마찬가지"인 이곳에서 잇사의 행동은 그들이 이해할 수 없는 너그러움이다. 예를 들면 잇사가 올리브산에서 베드로를 진정시킨 방법은 그들의 이해력을 넘어선다. 어쩌면 신의 아들인 그는 그 정도로까지 관용을 밀고갈 수 있을지도 모르지만, 인간에 불과한 베드로는 분명히 못 들은 척해야만 했을 것이다. 만일 겟세마네 동산에 파탄족 몇 명만 있었어도 경찰은 목적을 달성하지 못했을 것이고, 유다도 30드니에를 받지 못했을 것이다.

그리하여 사람들은 잇사를 동정하고 존경했지만, 그를 본보기로 삼겠다는 생각 따위는 아예 하지 않았다. 차라리 무함마드를 보라! 역시 의인이지만 그는 그 이상이다. 명장名將이며, 사람들을 이끄는 리더이며, 족장인 것이다. 신의 말씀을 전하고, 정복하고, 가문을 이루는 것. 이것이야말로 당신의 용기를 북돋아주는 우두머리 아닌가? 하지만 잇사는? 도대체 누가 이 세상을 혼자 살아가려고 하며, 결국에는 복수해 주겠다는 형제조차 없이 두 개의 들보에 못 박힌 채 도둑들과 함께 생을 마감하려 한단 말인가? 그런데 만일 잇사가 가족 음모의, 즉 큰형이 포도밭 한 뙈기나 가축 몇 마리를 받고 가장 어린 동생을 팔아넘기는 그런 사건의 희생자라면? 그러면 그들도 관심을 보일 것이다. 그런데 그는 반대로 지상의 가족에게는 무심했다. 그리하여 그의 가족은 어둠 속에 묻혀버렸으며, 우연으로라도 가족에 대해 언급할라 치면 그 어조는 가혹하다. 그를 끝까지 따라다녔던

겟세마네 동산 예루살렘 동쪽 올리브 산에 있는 동산으로 예수가 잡히기 전날 밤 여기서 엎드려 기도했다고 전한다. 겟세마네는 '기름 짜는 기계'란 뜻.

어머니 마리아에 관해서는 단 한 마디도 없으며, 특히 그를 끈기 있게 보호했고 너무나 이상한 일들도 아무 말 없이 받아들였던 요셉에 관해서도 일언반구조차 없다. 남성들에 관해서는 아무 말도 안 한다는 것이 나름 흥미롭다.

그렇다고 해서 이 먼 고지에서 이슬람교가 세속적인 것과 성공에 그렇게까지 몰두했다고 믿어서는 안 될 것이다. 이곳에는 인간이 보잘것없는 우연처럼 보이는 자연의 장관에 의해, 그리고 검약한 것이 쩨쩨한 것을 절멸시키는 삶의 미묘함과 완만함에 의해 끊임없이 유지되는 근본을 향한 갈망이 존재한다. 힌두쿠시의 신은 베들레헴의 신과 마찬가지로 인간을 사랑하지 않는다. 그는 인간의 창조자로서 자비롭고 위대하다. 교의는 단순하지만 강한 충격을 준다. 이곳 사람들은 우리가 우리의 신을 체험하는 것보다 더 강하고 더 절박하게 그들의 신을 느낀다. 알라냐, 아니면 악바르냐, 모든 건 여기에 달려있다. 이 신의 이름이 마술을 부리면 우리의 텅 빈 마음이 공간으로 바뀌며, 석회로 무덤에 새기거나 이슬람 사원의 첨탑 끝에서 크게 소리 지르다 보면 이 신의 위대함은 모든 이의 진정한 속성이 된다. 그들의 얼굴은 순간적이지만 이론의 여지 없이 명백한 풍요의 흔적을 간직하고 있다. 물론 그렇다고 해서 교활한 행동이나 발작에 가까운 폭력을 억제할 수 있는 것도 아니고, 수염 속에서 음탕한 미소가 경쾌하게 번지는 걸 멈출 수 있는 것도 아니다.

기병부대원을 가득 실은 트럭이 가축들이 방금 눈 똥이 여기저기 널린 평탄한 비포장도로를 올라왔다. 우리는 투르크멘 지역에 들어왔고, 우리들 뒤편으로 멀리 산이 보였다. 모타르 사히브는 운전을 하며 노래를 불렀다. 협곡과 깊은 구렁은 이제 다 지나온 것이다. 이제 트럭이 굴러가는 대로 내버려두면 날이 어두워지기 전에 쿤두즈에 도착하리라. 이슬람 율법학자는 더 이상 신이나 악마는 생각하지 않고 손으로 호두를 깨는 일에 열중하고 있었다. 옷이 닭똥으로 온통 더럽혀진 노인은 입을 헤 벌리고 짐보따리들 위에 비스듬하게 누워 자고 있었으며, 대초원지대의 태양이 그의 어깨를 어루만져주고 있었다. 나는 정오경에 풀이쿰리[62]의 두 갈래 길에서 트럭에서 내렸고 트럭은 계속 북쪽으로 올라갔다. 이 작은 마을은 짚빛깔의 예쁜 말들이 가득했으며, 마구馬具들은 반짝반짝 빛났다. 들려오는 것은 오직 말들이 앞발로 땅을 구르는 소리와 그들의 울음소리뿐이었다. 귀리 냄새가 나는 찻집에서 점심식사를 한 다음, 걸어서 다시 출발했다. 프랑스인들의 발굴지는 그다지 멀지 않은 곳에 자리잡고 있었다. 마자르로 이어지는 오래된 도로를 두세 시간만 걸으면 닿을 수 있는 거리였다. 길은 흰 포플러나무가 바람에 살랑거리는 잎사귀를 들어올리고 있는 넓은 이탄지泥炭地를 지나갔다. 버드나무의 갈라진 가지 사이에 둥지를 튼 작은 올빼미들과 굴 가장자리에서 햇볕을 쬐는 수많은 들쥐들이 눈에 띄었다. 나는 매자나무를 잘라 몽둥이를 만들고 개들을 쫓아버리기 위해 돌도 몇 개 주워들었다. 푸근한 날씨였다. 어찌나 피곤한지 머리가 어질어질했다. 가을이 목소리를 발견한 이 완만한 경사의 드넓은 지역을 통과하면서 나는, 과연 에우티데모스와 데메트리오스, 메난데르 등 박트리아의 그리스 왕들이 올리브나무와 짜디짠 해안가, 돌고래를 오랫동안 그리워했을지 궁금했다.

황량해져버린 내 머리, 소리 없이 부식하는 내 기억, 그 무엇에 대한 관심도 아닌 이 영원한 산만함, 거짓에 다름 아닌 이 강요된 고독, 동료들, 더 이상 일이 아닌 이 일, 그리고 마치 어떤 악의적인 힘이 그 뿌리를 잘라버리고 내가 사랑했던 수많은 것들로부터 나를 단절시키기라도 한 것처럼 말라 죽어버린 그 추억들.

나는 왜 이 여행에 관해 말하려고
고집을 부리는가

열두 번째 이야기 **이교도들의 성**

빠른 걸음으로 한두 시간가량 걷다가 낮잠을 자면 좋을 것 같은 아름다운 포플러 숲을 지나갔다. 풀이쿰리의 방적공장에 물을 공급하는 운하에서부터 벌써 8킬로미터를 걸어왔다. 그러고 나서 다시 출발하여, 말을 타고 가는 사람에게 길을 물었더니 북서쪽 언덕을 가리켰다. 카피르 칼레, 이교도들의 성이었다(아프가니스탄 농부들은 그리스인, 파르티아인, 쿠치인, 사산인 등 이슬람 교도에 앞서 살았던 모든 민족을 이교도라고 부른다 – 글쓴이 주). 한 시간가량 더 걸어서 언덕 아래 도착했는데, 길을 잘못 든 게 틀림없었다. 도로의 그 지점에서는 발굴 중인 비탈이 안 보이는 데다가 발굴 팀이 그곳에서 생활한 흔적도 전혀 찾을 수 없었으며 사람 목소리도 들려오지 않았던 것이다. 그러다 노란 흙이 쌓인 급경사지에 구불구불하게 누벼진 타이어 자국이 눈에 띄자 나는 저기가 틀림없어, 라고 생각했다. 큰 소리로 사람을 부르고 나서 기다렸다. 잠시 후에 회색 하늘을 배경으로 산꼭대기에 조그만 실루엣들이 나타나더니 손을 나팔 모양으로 만들어 소리쳤다.

"편지 온 거 있어요?"

"아니요."

"아아아아……."

그러자 그들은 순식간에 사라졌다.

산을 기어올랐다. 그제야 나는 산꼭대기라고 생각했던 것이 사실은 바람을 잘 막을 수 있도록 평평하게 고른 지형의 능선에 불과했다는 사실을 깨달았다. 이곳에는 커다란 군용 텐트를 다섯 개 쳐놓았는데 셰익스피어의 작품에 등장하는 어느 왕의 숙영지가 연상되었다. 간식(차, 검은 빵, 프랑스산 꿀)을 먹는 식탁이 아직 야외에 놓여있었고, 샤워를 할 때 쓰는 것 같은 간이 건물도 눈에 띄었다. 이 평탄한 지형의 오른쪽에 오두막 한 채가 보였고, 그곳에서는 이슬람교도 요리사가 김이 모락모락 나는 냄비와 들통 사이에서 분주하게 움직이고 있었다.

우리는 악수를 나누었다.

"드디어 오셨군요……. 근데 트럭은 어디 있나요? 그리고 그 트럭에 실어오기로 되어있던 물건들은요?"

"제가 카불을 출발하려는데 고장이 났습니다. 하지만 운전사는 그날 밤중에라도 출발해서 저보다 먼저 여기에 와있겠다고 굳게 약속했는데요? 저는 처음에는 트럭을 얻어탔고, 그 다음에는 걸어왔습니다. 그래서 아무것도 못 가져온 겁니다."

"오, 이런!"

가을이 되자 외부세계에서 카불로 오는 우편이 불규칙해졌다. 카불에서 풀이쿰리까지는 더 심해서(산, 고개의 상태, 사고, 고장) 사나흘에 한 번씩 직접 찾으러 가야만 했다.

"대신 당신네 사무실에 들러서 얼마 전에 도착한 신문을 가져 왔습니다."

다니엘 슐룸베르제르 교수(아프가니스탄의 프랑스 고고학 대표단 단장)와 조수들의 얼굴이 환해졌다. 《피가로 문학판》과 《르몽드》 다섯 부, 타지키스탄에서 진행 중인 발굴작업에 관한 러시아어 출판물(이 출판물은 타슈켄트-모스크바-파리-카라치-카불을 거쳐 석 달 만에 도착했다. '철의 장막'이 없었다면 아마 소련 동업자들의 발굴 현장은 트럭으로 겨우 이틀이면 도착했을 것이다)이었다.

태양은 가려 있었지만 언덕에서의 전망은 근사했다. 골풀과 늪, 가시덤불로 뒤덮인 경작지, 버드나무 사이를 구불구불 흐르는 강으로 이루어진 광활한 공간이 한눈에 내려다보였다. 남동쪽으로는 내가 따라온 길이 몇 킬로미터에 걸쳐 이어졌다. 나는 발굴 현장에서 일하는 사람들이 내가 다가오는 것을 한참동안 지켜보면서 편지를 가져왔을 거라고 기대했다가 아닌 걸 알고 얼마나 실망했을지 미루어 짐작할 수 있었다. 동쪽으로는 밀 색깔을 띤 오두막촌 두 곳이 진흙과 물웅덩이, 그리고 가을 색조를 띤 작은 숲에 파묻혀 있었다. 이제는 말을 탄 사람이 이따금씩 먼지의 흔적을 남기고 지나가는 이 적갈색 공간 속에 희석되어 더 이상 무겁게 느껴지지 않았다. 과거에 대해서라면, 파헤쳐져 편편해진 언덕 꼭대기는 조심스럽게 발굴된 요새의 기단을 드러내 보여주었는데, 이 기단은 아직 일부가 파묻힌 거대한 계단과 함께 긴 장방형을 형성하면서 다른 비탈면을 뒤덮으며 평원과 연결되었다. 그것은 대大쿠샨 왕조 때 건설된 불의 사원이었다. 내가 무식한 멍청이처럼 느껴졌다. 당장 내일이라도 이 모든 것에 관한 설명을 들어야겠다.

"쉬바 고개에서 안 춥던가요?"

"아직 귀가 붙어있는 게 다행일 정돕니다."

다섯시가 되자 평원의 안개가 언덕에 도달했다. 여섯시에 식사시간을 알리는 종이 울리자 낯익은 얼굴들이 나타났다. 페르시아에서 만난 적이 있는 벨기에의 동양학자. 기술이 아주 좋은 친절한 정비사로 내 차를 여러 번 고쳐주었던 교수의 레바논 출신 조수. 여행자이면서 이곳에서 일을 하는 도도와 상드라. 그들은 야외에서 하루 종일 일을 하고 나서 피곤하지만 그래도 만족스러운 듯한 걸음걸이로 손톱에 새까맣게 흙을 묻힌 채 걸어왔다. 카불에서 만났던 알제리 출신의 세계여행자 아슈르도 다시 만났는데, 그는 2년 동안 고생하면서 잃었던 혈색을 이곳에서 되찾았다고 한다. 그는 커다란 텐트를 혼자 쓰고 있어서 나는 그리로 들어가기로 했다. 석유등, 그가 일기를 쓰는 방수포 입힌 수첩과 함께 침대 위에 내던져진 붉은색 머플러, 그가 지난달에 월급을 받아서 산 카멜 담배 한 보루, 오피넬 나이프, 그리고 한 곡만 불어보라는 우리의 부탁을 그가 쉽게 들어주지 않고 우리도 그렇게까지 끈질기게 요구 하지 않아서 아직 한 번도 못 들어본 오카리나(흙이나 금속으로 만든 달걀 모양의 피리 - 옮긴이 주). 그렇지만 그는 기꺼이, 그리고 즐겁게 노래를 불렀다. 〈꾀꼬리, 그리고 이어서 자아-아-앙미〉라든가 〈전쟁하러 가지 마, 지로플레, 지로플라〉 같은 노래를 부르더니 포르샤브롤Fort-Chabrol(파리의 샤브롤 거리에 있는 유태인 배척 단체 사무실에 붙여진 이름. 이 단체의 우두머리인 쥘 게렝은 1899년에 있었던 드레퓌스 사건의 재심에 반대하여 38일 동안 이곳에서 농성을 벌이다가 체포되었다 - 옮긴이 주)로 거슬러 올라갈 만큼 오래된 〈무정부주의자들의 노래〉(이런 노래들을 도대체 어디서 배운 것일까?)를 몇 곡 부르고 난 뒤 다시 〈꾀꼬리〉를 불렀다. 좀 단조로웠다. 그렇기는 하지만 저녁식사 때 사람들이 말했던 것처럼 '예술적 재능이 풍부하게' 느껴졌다.

쿠샨 왕조 105~250년경 이란의 쿠샨족이 세운 왕조로 서쪽의 타지키스탄, 카스피 해로부터 아프가니스탄, 인도의 갠지스 강 상류에 이르는 대제국이었다. 그리스식 서양문화와 인도의 동양문화가 결합하면서 그리스식 불교문화가 생겨났다.

6년 뒤에 쓰여진 글.

맥락을 되찾기 위하여.

그런데 이 발굴의 의미는 무엇일까? 동방박사와 이미 1800년 전에 멸망해버린 왕국을 부활시키기 위해 초원지대의 이 고적하고 외진 장소에서 개척자처럼 몇 년씩 지내는 외국인들. 그리고 북동쪽에서 와서 사원을 건설했지만 그들이 옥수스 강가에 도착한 뒤의 역사는 중국어로 쓰인 연대기에서 사라져버린 쿠샨족(쿠샨족은 오직 그들이 발행한 주화와 인도어로 쓰인 비문, 그리고 여기저기 흩어져 있는 데다 이차적이어서 서로 잘 부합하지 않는 증거물, 예를 들면 모서리가 닳아 없어진 깨진 그릇 조각이라든지 바닥이 없는 항아리의 사금파리 파편 등을 통해서만 외부세계에 알려져 있다. 이러한 항아리의 바닥은 틀림없이 쿠샨족이 건설한 것이라고 알려진 건물이 처음 발굴되고 있는 박트리아에 있을 것이다 - 글쓴이 주). 그렇다면 우리는 이러한 상황을 생각해 보지 않을 수 없다. 곧, 이런 장소에 관해 알고 있는 것을 말하는 정연하고 체계적인 방법이 존재하는가? 물론이다. 나는 그 방법을 찾아내려고 애썼으나 쉬운 일이 아니었다. 그렇지만 확신이 안 가는 글을 쓸 때 사용하는 노란색의 반투명한 얇은 종이에 고고학자라는 직업과 연대 결정에 관한 글을 20쪽가량 쓸 수는 있었다. 그런데 세월이 흐르면 흐를수록 내 확신은 조금씩 사라져간다. 도대체 왜 진부하기 짝이 없는 단어들을 이 참신한 것들(단어들을 갖다 붙이지 않아도 전혀 아무 문제가 없는)에 덧붙인단 말인가? 그리고 모든 걸 다 이용해 먹으려는, 어느 것 하나 그냥 내버려두지 않으려는 이같은 욕망이야말로 얼마나 쩨쩨한가…… 그 점을 알면서도 우리는 삶이 서서히 냉각되다가 결국은 견딜 수 없을 만큼 차가워지는 것에 맞서서 애쓰고 설득하고 싸운다.

그리고 또 나는 왜 이 여행에 관해 말하려고 그렇게 고집을 부린단 말인가? 그것이 내 현재의 삶과 무슨 관계가 있단 말인가? 아무 관계도 없다. 어쨌든 내게는 더 이상 현재가 없다. 페이지들은 쌓이고, 나는 번 돈을 축낸다. 아직은 내 곁을 떠나지 않은 착한 아내에게 나는 죽은 사람이나 다름없을지도 모른다. 나는 빈약한 공상에서 돌연한 공포로 옮겨간다. 나는 더 이상 견딜 수가 없지만 포기하지는 않는다. 나는 나를 살찌게 하지 않고 먹어치우는, 어떤 사람들은 안달하다 못해 비웃는 듯한 표정으로 그것에 관한 소식을 이따금씩 물어보는 이 유령 같은 이야기를 망칠까 봐 두려운 나머지 다른 일을 하려 하지 않는다. 그 유령에게 내 살을 몽땅 쥐버리고 끝내버릴 수 있으면 얼마나 좋으랴? 하지만 그런 종류의 거래는 불가능하며, 감내하고 견뎌내는 능력은 내가 아는 한 결코 창의력을 대신하지 않는다(나는 필요 이상의 인내력을 가졌다. 나는 이 하찮은 선물을 요정들에게서 받았다). 아니다, 그것은 원인과 결과를 끈질기게 연결시키면서 점진적인 융합에 의해 진행되어야 한다. 그러므로 '이교도들의 성'으로, 내 기억 속에 난 그 구멍 속으로, 이제는 회색의 풍경에 불과한 그 노란 찰흙의 비탈로, 내가 움켜쥐려고 하면 슬그머니 빠져나가버리는 그 연약한 생각의 메아리와 넝마로 돌아가야 한다. 내 삶의 윤곽이 훨씬 잘 그려지는 것처럼 보였던 고달프면서도 행복했던 가을로 돌아가야 한다. 쉴 새 없이 너무나 원기왕성하게 움직이면서 나를 따뜻하게 맞아주고, 내가 한 세계를 발견하도록 해주고, 낚시와 사냥으로 잡은 것들을 내게 먹여준 그 언덕 꼭대기의 프랑스인들에게 돌아가야 한다. 돌아가야 한다. 하지만 그보다 먼저 해야 될 일이 있다. 나를 그 모든 것으로부터 떼어놓는 엄청난 깊이의 땅을 파야 하는 것이다(이것 역시 고고학이다! 사금파리 파편과 유적은 서로 다른 것이지만, 개인의 과거에서 일부가 사라질 때 그것들은 똑같이 재난이 된다). 나는 그 당시의 활기를 지우고 왜곡하고 소멸시키고 회복시키는 이 무관심을 극복해야 하며, 그 당시의 생기와 정신의 순응성, 유연성, 뉘앙스, 삶의 파문, 자주 되풀이되는 우연, 귀에 들려오는 음악, 물질세계와의 소중한 관계, 그리고 거기에서 얻는 즐거움을 회복시켜야만 한다.

그러기는커녕 황량해져버린 내 머리, 소리 없이 부식하는 내 기억, 그 무엇에 대한 관심도 아닌(심지어는 마음속의 목소리들 중에서 가장 가느다란 목소리에 대한 관심도 아닌) 이 영원한 산만함, 거짓에 다름 아닌 이 강요된 고독, 동료들(그러나 나는 그들의 일원이 아니다), 더 이상 일이 아닌 이 일, 그리고 마치 어떤 악의적인 힘이 그 뿌리를 잘라버리고 내가 사랑했던 수많은 것들로부터 나를 단절시키기라도 한 것처럼 말라 죽어버린 그 추억들.

다시 한번, 발굴 현장으로 돌아가야 한다. 세세한 것들이 수없이 머릿속에 다시 떠올랐지만, 어느 것도 더 이상 활기를 띠지 않았다. 그래서 나는 우리가 밤에 저녁식사를 하던 큰 천막의 식탁 주변에서 꼼짝도 않고 있던 관계자들을 묘사해야 한다.

교수는 종교 개혁가들이 썼던 것처럼 양쪽 귀와 이마 위를 뾰족하게 잘라낸 노란색 털모자를 쓰고 위쪽 끝에 앉아있고 그의 아내는 왼쪽에 앉아있다. 아홉 살짜리 딸은 가장 좋아하는 장난감인 '의심스러운' 인간의 두개골 하나(그것은 쿠샨족의 것이 아니었다)를 들고 벌써 잠을 자러 갔다. 매우 중요한 인물인 브르타뉴 지방 출신 건축가는 교수 오른쪽에 앉아있다. 벨기에 출신 문헌학자는 식탁 반대편의 출구 근처에서 석유등이 비스듬하게 밝혀주는 투탕카멘 가면을 쓰고 앉아있다. 그리고 나머지 사람들이 가운데 자리를 잡았다. 요리사는 콩과 고기를 넣은 요리를 냄비에 담아서 방금 들고 왔고, 이 냄비는 식탁을 한 바퀴 돌고 난 다음 여전히 펄펄 끓는 채로 천막 받침대에 매달렸다. 수저들이 쇠 접시를 긁는 동안 나는 어떤 비잔틴 성상에서처럼 거기 있는 사람들 머리 위에 있는 동그라미 속에 쓰인 생각들을 읽는다. 교수는 이틀 후에 곡괭이가 두 번째 계단의 기부 벽에 도달

할 것이고, 이 거대한 수직 표면에서(인샬라, 인샬라, 인샬라) 세 차례 발굴작업을 거치며 찾고 있는 상재문上梓文을 발견할 수 있을 것이라고 기대하고 있다. 쿠샨족들이 사용했으며 이상하게 톱으로 잘라낸 것처럼 들쭉날쭉한 이 그리스 알파벳 몇 줄이면 아직 잘 알려지지 않은 이란 방언을 해독할 수 있을 것이다(이 상재문은 2년 6개월 뒤 30미터 아래쪽에서 발견되었다. 스물다섯 줄가량 되었는데, 바로 어제 새겨넣은 것처럼 전혀 손상되지 않았다. 기대 이상의 성과였다 - 글쓴이 주). 상드라는 그 전날 밤에 생전 처음으로 거의 우연히 총을 쏘아 잡은 멧돼지를 생각하고 있다. 그는 고생고생해 가며 그 멧돼지를 이곳까지 겨우 끌고 올라왔지만, 결국은 다시 끌고 내려가 늪 속에서 썩어가도록 내버려두어야만 했다. 이슬람교도인 요리사가 이 부정한 짐승의 가죽을 벗기려고 하지 않았기 때문이었다. 나처럼 이곳을 방문 중인 프랑스인 여행자 앙트완은 앙드레 말로를 교수에게 팔기로 작정이라도 한 듯 끈질기게 찬양했다. 그는 골수 계몽가로 자신의 주장에 대한 반론에는 전혀 귀를 기울이지 않았으며, 우둔한 열의로 대화의 내용을 부분적으로 빈약하게 만들어버렸다. 나는 그가 마주 앉은 사람이 이야기 하도록 내버려두기를 진정으로 바랐다. 나는 고리키가 그랬던 것처럼 길 위에서 배움을 얻으려는 사람이지만, 요행히 진짜 학자다운 학자를 만났을 때 그 기회를 이용하지 않는 건 큰 잘못이라고 생각한다. 특히 언제나 힘든 걸 마다하지 않고 질문에 답하고, 정보를 알려주고, 활기에 가득 차서 금방이라도 상대를 잡아먹을 것처럼 적극적으로 다가오는 사람을 만났을 때는 더욱 그렇다. 이런 사람은 현재 시점에서 재구성하는 자신의 과거에 애착을 갖고 있는데, 그러한 애착이 없다면 역사가들은 단순한 재판소 서기에 불과할 것이며 진정한 인식은 불가능해질 것이다.

나는 우리를 여기 오게 만든 그 쿠샨족을 생각했다. 가죽과 모피를 생각나게 하며 여러 가지 뜻으로 해석될 수 있는 모호하면서도 멋진 이름. 실론에서 파인애플나무와 종려나무를 배경으로 우물에서 끌어올린 큼지막한 두레박의 물을 몸에 쏟아 붓고 있을 티에리와 플로도 생각했다. 계속해서 내게 질문을 퍼부어대면서 내 생각이 잘못되었으며 내가 그릇된 방법으로 여행하고 있다는 걸 증명하려고 애쓰는 앙트완과 함께했던 산책에 관해서도 생각했다. 그는 이미 오랫동안 차를 몰았고 많은 걸 알고 있었지만 그의 마음속에는 만족이라는 걸 모르는 감독관이 들어앉아 있는 듯 했다. 나는 그의 독백에 활기를 불어넣기 위해 여자 얘기로 화제를 돌리려고 애썼다. 그가 내게 말했다.

"이란 여자랑 해봤나요? 난 한번 해봤는데…… 별거 없더라고요."

앙드레 말로(1901~1976) 《인간의 조건》을 쓴 프랑스의 작가. 정치가로도 활동했고 인도차이나 반도의 고고학 발굴에도 참여했다.

'해봤다'라는 단어가 나를 낙담시켰다. 그래서 그쯤에서 대화를 그만두었다. 그는 유럽 전역과 러시아, 페르시아를 보았다. 그렇지만 그는 여행을 하면서도 자기 본래의 모습을 조금도 내던지려 하지 않았다. 정말 얼마나 터무니없는 계획인가! 자기 본래의 모습을 그대로 간직하겠다니! 원래의 어리석은 자로 그냥 남아있겠다니! 그래서 그는 별다른 걸 보지 못한 것이다. 내가 아는 한 마치 샤일록처럼, 여행자에게 '살덩어리를 떼어달라고 요구하지 않는' 나라는 단 한 곳도 없기 때문이다.

도도

그가 도도라는 별명을 이 발굴 현장에서 얻었는지, 그건 잘 모르겠다. 그의 진짜 이름은 생각나지 않는다. 그르노블 출신으로서 마흔이 다 되어 가는 그는 인생의 절반을 길 위에서 보냈다. 침착하고, 웃음기 없는 얼굴로 농담을 하고, 이슬람 금욕파 수도사보다 더 초연하고, 사물과 일체가 되어서 그것을 더 잘 관찰하는 아주 좋은 친구다. 무엇보다도 그는 흥분한 자들과 성마른 자들이 결국은 자신이 스스로 만들어놓은 자신의 이미지에 부딪쳐 좌절하고 마는 장기 여행 생활에 꼭 필요한 냉정함(더 큰 저항의 한 형태에 불과한)을 갖추었다. 도도는 수많은 장소에서 조금씩 살았고, 시작한 일이 이익을 볼 때쯤에 그만둔 적이 한두 번이 아니었으며, 많은 걸 배우고 많은 걸 읽었다. 하지만 그는 거기 대해서 별다른 얘기를 하지 않았다. 그는 '위^{oui}'(영어의 yes에 해당하는 불어-옮긴이 주)라고 말하는 대신 '부위^{voui}'라고 말했으며(일부러 그러는 것 같았다), 사람들이 일을 너무 많이 맡길까 봐 걱정된 나머지 자신의 학식과 재능을 다소 느리고 촌스럽게 생긴 외모 뒤편에 감추었다. 자기만의 시간을 갖고 싶었던 것이다. 그가 몸과 마음을 다 바쳐 전념하는 일은 팀 동료인 상드라를 교육시키는 것 한 가지뿐인데, 상드라는 호감 가는 전기공이자 수채화가이고 도도보다는 열다섯 살이 어리다. 숙영지 맨끝에 자리잡은 텐트 주변에 어둠이 깔리고 학식이 넓다는 죄목으로 현장에서 체포되지 않을 것이라는 확신이 서면 도도는 가진 능력을 총동원하여 이 제자의 정신을 풍요롭게 만드는 데 몰두했다. 어느 날 밤 나는 방풍등을 빌리러 갔다가 텐트 너머로 이런 소리를 들었다.

"자, 여기 한가운데 배후에서 조종하는 명문가가 있는데…… 바로 메디치 가문이라네."

연초에 우리는 이미 페르시아에서 그들을 만났다. 그때 그들은 이집트에서 오랫동안 머물다가 페르시아로 왔다. 이번에 인도에서는 별다른 성공을 거두지 못했다. 그들은 타슈켄트와

그르노블 프랑스 알프스 산맥 기슭의 도시. 스탕달의 고향이기도 하다.

러시아를 통해 유럽으로 다시 돌아갈 생각을 하고 있었으며, 그 때를 대비하기 위해 어디를 가나 걸레처럼 너덜너덜해진 포타 포바Potapova 문법책을 들고 다녔다. 인접한 작업장의 책임자인 그들은 동사 변화를 큰 소리로 외우며 다녔고, 인부들은 그들이 기도를 한다고 생각하는 것 같았다. 자신의 동료를 분사와 과거 완료의 함정 속으로 끌고 간 것 역시 도도였다. 그들이 계획을 실현했는지는 모르겠다. 하지만 여행이 그들이 기대한 만큼 오 랫동안 계속되었다면 상드라는 예수회 수사(위선자라는 비유적 의 미를 가지고 있음 - 옮긴이 주) 100명을 합쳐놓은 것보다 더 교활해 졌으리라. 도도는 일본에서 죽겠다는 또 다른 계획도 있었는데, 나는 그 계획이 아주 오랜 후에 실현되기를 바랐다.

토요일과 일요일에 말을 타고 늪지대를 가로지를 때마다 항상 도도는 가장 느린 말을 골랐다. 그는 안장 대신 밀짚 단을 얹었으며 한평생 학대받은 이 귀여운 늙다리 말을 버드나무 가 지로 간질여서 앞으로 나가게 했다. 그가 이 말을 고른 것은 한 편으로는 신중을 기하기 위한 것이기도 했지만 또 한편으로는 이 가을 절경을 차분하게 즐기며 깊은 생각에 잠기거나 아니면 거의 다 외우는 〈아름다운 엘렌〉과 〈라크메〉를 부르기 위해서 였다. 번쩍번쩍 빛을 반사하는 안경을 쓰고 골풀 사이를 천천히 걷던 그의 모습이 눈에 선하다. 그는 머리 감는 시간도 아까워서 머리를 빡빡 밀어버리고 형태가 일정하지 않은 회색 펠트모자를 쓰고 다녔고, 농민들에게 인사해야 할 때는 정중하게 벗었다. 나는 그의 빡빡머리를 볼 때마다 웃음이 터져나왔다. 작은 말 위에 올라탄 반짝거리는 머리통과 빈정거리는 듯한 가냘픈 미소가 그를 마치 뇌물이나 받아먹는 부패한 늙은 판사처럼 보이게 했던 것이다.

대체로 40대가 되면 지구를 떠돌아다니는 삶에도 왠지 환멸이 느껴지면서 진력이 나는 법이다. 이제 그만두어야 할 때가 된 것이다. 길을 가고, 살아가고, 적응한다. 세월이 덧붙여진다. 추구는 목표를 잊어버린 채 도주로 바뀐다. 그러면 내용이 비워진 모험은 일련의 임기응변으로 연장되기는 하지만, 대신 일체의 활력을 잃고 만다. 여행은 젊음을 형성하기도 하지만 젊음을 그냥 지나쳐가게 만들기도 한다. 요컨대 사람이 까다로워지는 것이다.

그러나 도도는 그렇지 않았다. 그는 너무나 편안하게 소박한 유목민 생활을 했다. 그의 영혼은 고난을 통해 씻겨졌으며, 그의 정신은 여전히 활기차고 뭐든지 할 준비가 되어있다. 이따금씩 백포도주와 호두, 카망베르 치즈에 살짝 향수를 느끼지만, 그래도 돌아가거나 눌러앉고 싶다는 생각은 전혀 하지 않는다……. 그는 말을 매어놓은 포플러나무 아래 길게 드러누우며 말했다.

"게을러서라기보다는, 그냥 호기심 때문에……. 그래요^{voui},

호기심 때문에 이러는 겁니다."

그리고 그는 담배연기를 고리 모양으로 만들어 하늘로 날려 보냈고, 연기는 그 빛을 조금씩 잃어버렸다.

우리는 이렇게 여기저기 돌아다니다가 꽤 늦어져, 한밤중이 되어서야 기진맥진해진 말들을 끌고 돌아갔다. 발굴 현장 주변에서는 농민들이 밭에서 구식 소총을 들고 밤을 새고 있었다. 밭을 쑥대밭으로 만드는 멧돼지를 쫓기 위해서였다. 담배도 피우고 차도 마시지만 너무 지루한 모양이었다. 짤막한 혼잣말이나 긴 한숨소리가 오이밭에서 들려왔다. 공기는 감미로울 만큼 청량했다.

나는 이 아폴론적인 풍경에 도취되어 꼼짝도 하지 않은 채 한 시간을 보냈다. 자질구레한 것들로 이루어진 세계는 모루처럼 단단해 보이는 이 거대한 흙과 바위 앞에서 흔적도 없이 사라져버린 듯했다.

세계는 잔물결을 일으키며 당신을 통과하고
당신은 잠시 물색깔을 띤다

열세 번째 이야기 카이바르 고개

발굴지에서 돌아오다. 인도를 향해 출발.

12월 3일. 혼자서.

이 계절, 이 나라의 이 구석진 곳에서는 매일 아침, 찻집 처마를 때리며 사모바르 주전자 위에서 또닥또닥 소리를 내는 산만한 빗소리에 잠이 깬다. 그러고 나면 비스듬하게 기울어진 붉은 태양이 안개를 흐트러뜨리고, 도로와 골풀, 언덕, 그리고 그 뒤편의 희고 높은 누리스탄 산괴가 반짝거린다. 연기가 화로에서 올라오고, 그동안 잠을 자는 사람들은 재빨리 세수를 하고(손가락과 입, 수염을 후다닥 씻는다) 서둘러 기도를 한 다음 추위 속에서 김을 모락모락 내는 낙타에 안장을 얹는다. 사람들은 녹차 잔을 들고 쉰 목소리로 대화를 시작한다.

잘 잤다. 컨디션이 좋아졌고, 어젯밤 앞쪽 스프링을 고치다
가 생긴 찰과상도 다 아물었다. 옷을 입은 다음 주변에서 차를
'밀어줄 사람'을 몇 명 모집했다. 배터리가 나갔던 것이다. 몸을
덥히기 위해서 서로의 따귀를 사정없이 때려대는 노인 열 명가
량과 말이 없는 구릿빛 피부의 파탄족 두 명이 있었다. 그들은
다 안다는 듯 킥킥대고 웃으며 나를 위해 자리를 비켜주었다. 나
는 차를 대접했다. 그러고 나자 물론 그들은 차를 밀어주었다.
자동차는 흰 옷과 콧수염, 슬리퍼, 진흙투성이 다리들이 급히 방
향을 바꾸는 가운데 잘랄라바드[63]를 향해 출발했다.

아프가니스탄 국경, 카이바르 고개[64]

12월 5일

카불[58]에서 내가 카이바르 고개에 관해 질문을 던질 때마다 사람
들은 그것을 묘사할 만한 단어를 결코 찾아내지 못했다.

"잊을 수가 없어요…… 특히나 그 빛의 풍경, 혹은 그 규
모…… 그것도 아니라면, 뭐랄까…… 어쩌면 울림일지도 모르
겠어요……."

사람들은 이렇게 말하고 자기모순에 빠져 어쩔 줄 모르다
가 결국은 설명하기를 포기했고, 나는 그들의 마음이 잠시 동안
그 고개로 되돌아가 산의 수많은 면들과 튀어나온 부분을 다시

한번 바라보면서 처음에 그랬듯 그곳에 현혹되고 열광하고 도취하고 있음을 느꼈다.

12월 5일 정오, 일년 반 동안 여행을 한 뒤 마침내 나는 고개 아랫부분에 도착하였다. 햇빛이 술레이만 산맥 기슭과, 태양에 마치 비늘처럼 반짝거리는 작은 버드나무 숲에 둘러싸인 아프가니스탄 세관 건물을 어루만지고 있었다. 작은 나무문이 도로를 가로막았지만, 제복 입은 사람은 없었다. 사무실로 올라갔다. 문간에 드러누운 염소들을 건너뛰어 안으로 들어갔다. 세관에서는 백리향과 아르니카 향기가 풍겼고, 말벌이 윙윙거리며 날아다녔다. 벽에 걸린 연발권총의 반짝이는 푸른색이 무척이나 밝아 보였다. 세관원 한 사람이 자주색 잉크병 뒤편의 책상 앞에 똑바로 앉아서 나를 마주보고 있었다. 그의 째진 두 눈은 감겨 있었다. 그가 숨을 내쉴 때마다 새 가죽혁대가 삐걱 소리를 냈다. 잠을 자는 중이었다. 박트리아 출신의 우즈베키스탄 사람이 틀림없었다. 그렇다면 그도 이곳에서는 나와 다를 바 없는 이방인인 것이다.

여권을 책상 위에 놓아둔 다음 점심을 먹으러 갔다. 나는 서두르지 않았다. 이런 나라를 떠날 때는 급할 게 없는 법이다. 염소들에게 소금을 먹이면서 나는 티에리와 플로가 최근에 보낸

술레이만 산맥 아프가니스탄과 파키스탄의 국경을 이루는 산맥.

편지를 다시 읽어보았다. 그들은 실론 남부에 있는 오래된 네덜란드 성에 자리잡았다.

갈레

12월 1일

"······다음은 성채에 있는 보루들의 이름이야. 비록 너를 유혹하고자 이 이름들을 열거하는 것이지만 말이야. 에트왈(별), 륀(달), 솔레이유(태양), 즈바르트, 오로르(새벽빛), 위트레흐트 곶, 트리톤(바다의 신), 넵튠, 클리펜베르그, 아이올로스(바람의 신). 눈부신 사프란색 승복을 걸친 승려와 자주색 천을 허리에 감은 노인, 비취색 바다와 지는 해를 배경으로 주황색 사리를 두른 젊은 여성을 연달아 만나게 되는 이곳에서는 화가가 될 수밖에 없어. 글을 쓸 만한 책상이 너를 기다리고 있어. 밤이 되면 개똥벌레들이 춤추는 걸 보면서 서로의 몸에 물을 끼얹어줄 수도 있지. 우리가 우정의 코코넛 열매를 서로 부딪칠 때까지 잘 있길······"

그것은 또 다른 세계였다. 그가 아무 이유 없이 떠났을 리는 없다.

편지를 읽고 난 나는 산을 바라보며 물담배를 피웠다. 산 옆에 있는 세관과 검정 빨강 초록으로 된 국기, 어깨에 긴 총을 비

스듬히 멘 파탄족 아이들을 실은 트럭 등 모든 인간적인 것들은
마치 비율이 맞지 않는 어린아이들의 그림에서처럼 투박하고,
축소되고, 지나치게 넓은 공간에 의해 분리된 것처럼 보였다. 산
은 쓸모없는 동작을 취하지 않았다. 산은 강건한 토대와 드넓은
경사면, 마치 보석처럼 비스듬히 잘린 암벽과 함께 솟아올랐다
가 휴식을 취하고는 다시 솟아오를 뿐이었다. 파탄족 요새의 탑
이 낮은 산봉우리 위에서 마치 기름으로 문질러놓은 듯 반짝거
렸다. 그 뒤쪽으로 높이 솟은 담황색 산비탈이 부서져 어둑한 원
곡을 이루었고, 길 잃은 독수리들이 침묵 속에서 이곳으로 모습
을 감추었다. 그리고 구름이 마치 양털처럼 걸려있는 검은 암벽
이 눈에 들어왔다. 내가 앉아있는 긴 의자에서 20킬로미터가량
떨어진 곳에 있는 산꼭대기의 좁고 완만한 경사로 된 고원은 햇
빛이 흰 거품을 내는 것처럼 보였다. 대기는 놀랄 만큼 투명했
다. 목소리가 들려왔다. 유목민들이 이용하는 저 높은 곳의 옛
도로에서 들려오는 어린아이들의 고함소리와 보이지 않는 염소
들의 발소리가 맑고 깨끗하게 메아리치며 온 고개에 울리는 것
이었다.

　나는 이 아폴론적인 풍경에 도취되어 꼼짝도 하지 않은 채

실론　스리랑카.
갈레　스리랑카 남서해안에 있는 도시. 16세기 포르투갈에게, 1640년대에 네덜란드에게 점령
되었다.

한 시간을 보냈다. 자질구레한 것들로 이루어진 세계는 모루처럼 단단해 보이는 이 거대한 흙과 바위 앞에서 흔적도 없이 사라져버린 듯했다. 끝없이 펼쳐진 산, 12월의 맑은 하늘, 정오의 푸근함, 물담배가 보글거리는 소리, 그리고 호주머니 속에서 짤랑거리는 동전까지…… 모든 것들이 많은 장애를 헤치고 제때 도착하여 내 역할을 맡은 희곡의 요소들이 되었다.

'지속성…… 세계의 투명한 명증성…… 평온한 귀속……'
아니다, 나는 역시 그럴 수 없었다. 어떻게 표현해야 할지 알 수가 없었다. 플로티노스가 이렇게 말했듯이.

탄젠트^{tangent}는 구상할 수도 없고 공식으로 나타낼 수도 없는 접촉^{contact}이다.

그러나 10년 동안 여행을 한다 한들 그것에 대한 대가를 치를 수는 없을 것이다.

그날 나는 내가 뭔가를 움켜쥐었으며, 그리하여 삶이 변화할 것이라고 굳게 믿었다. 하지만 이런 종류의 것은 결코 완벽하게 획득되지 않는다. 세계는 마치 물처럼 잔물결을 일으키며 당신을 통과하고, 당신은 잠시 물 색깔을 띠게 된다. 그리고 나서

플로티노스(204~270) 고대 후기 그리스 철학자, 플라톤 사상에 심취했다.

그것은 당신이 당신 가슴 속에 담아가지고 다니는 그 텅 빈 공간 앞에, 영혼의 불충분함 앞에 다시 당신을 세워둔 채 물러난다. 당신은 역설적이게도 우리를 움직이는 가장 확실한 동인일지도 모르는 이 공백, 이 불충분함과 어깨를 부딪치며 싸우는 법을 반드시 배워야만 한다.

　　나는 스탬프가 찍힌 여권을 찾아 아프가니스탄을 떠났다. 그러느라 시간이 걸렸다. 고개를 오르고 내려가는 도로는 상태가 좋았다. 동쪽에서 바람이 불어오는 날 이 고개를 넘는 여행자는, 꼭대기에 도착하기 한참 전에 무르익어 몹시 뜨거운 인도 대륙의 냄새를 맡게 된다…….

……그리고 이같은 이익은 실제적이다. 왜냐하면 우리는 그같은 확장의 권리를 갖고 있으며, 일단 경계를 넘어서면 다시는 옛날처럼 그렇게 현학자인 척하지 않을 것이기 때문이다.

　　　　　　　　　　　　　　　　　　　　　　에머슨

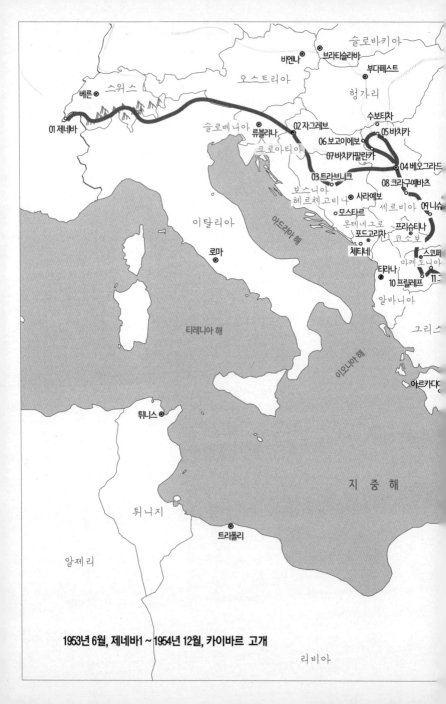

1953년 6월, 제네바1 ~ 1954년 12월, 카이바르 고개

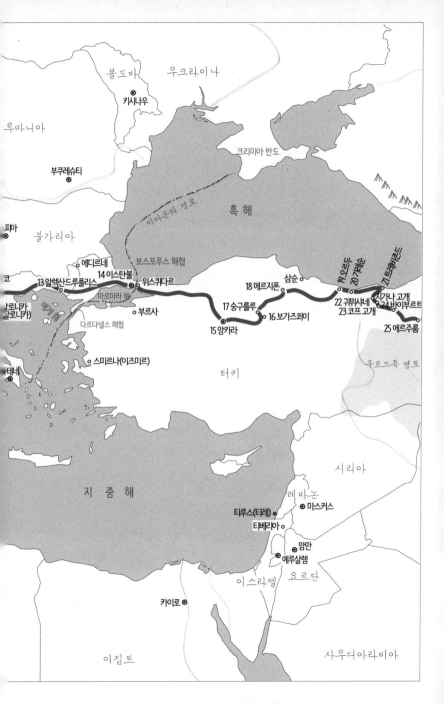

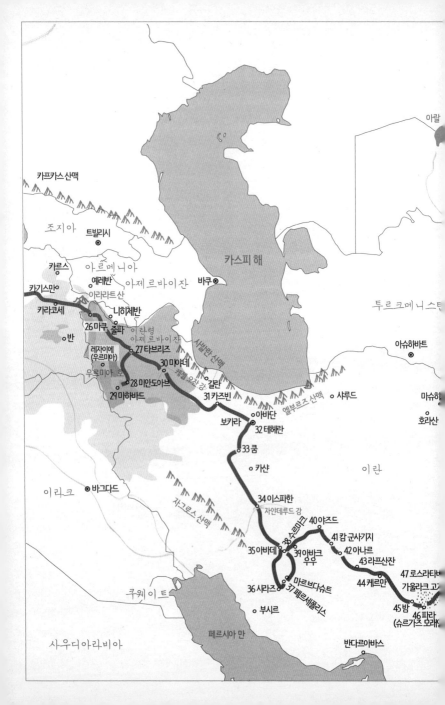

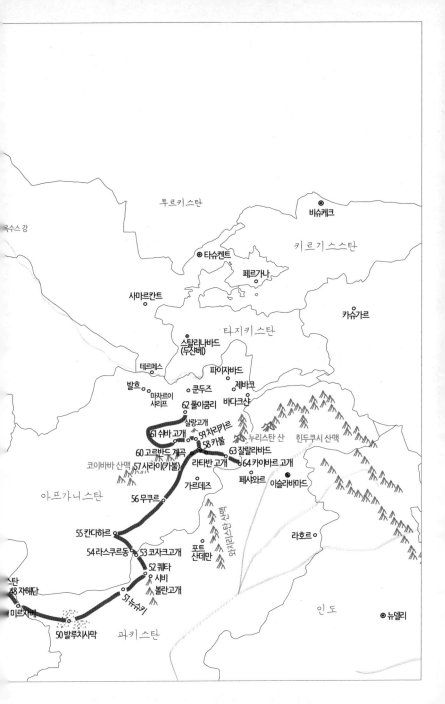

삶을 바꿔놓는 경이의 책

니콜라 부비에가 쓴 《세상의 용도》는 삶을 바꿔놓는 힘을 가진 마술의 책들 중 하나다. 1963년 스위스의 드로주 출판사에서 나온 이 책은 그 다음 해 프랑스 쥘리아르 출판사에 의해 출간되었지만, 이 프랑스어판은 출판사 내부 사정으로 절판되었다. 작가가 판권을 되찾아간 뒤로 시간이 지나면서 이 책을 구하기가 점점 더 어려워져갔다. 1985년 데쿠베르트 출판사에서 펴낸 세 번째 판이 드디어 이 책을 행복한 소수의 손에서 더 많은 독자들에게 넘겨주었다. 처음 출간된 지 25년여 만에 《세상의 용도》가 하나의 기념비적 저서로, 하나의 컬트북으로 인정받은 것이다. 이 책을 쓴 니콜라 부비에는 그로부터 13년 뒤에, 그리고 이 책에 흑백 삽화를 그린 그의 친구 티에리 베르네는 그로부터 5년 뒤에 각각 세상을 떠났다.

《세상의 용도》는 어떤 책인가? 1953년에서 1954년 사이에 두 스위스 청년을 제네바에서 유고슬라비아, 터키, 이란, 파키스탄을 거쳐, 아프가니스탄의 카불까지 데려간 여행이야기라고 간단히 대답할 수도 있을 것이다. 한 사람은 작가, 또 한 사람은 화가였다. 그들은 피아트 토폴리노를 타고 여행했다. 이렇게 말하는 게 정확할지는 모르지만 불완전하다. 왜냐하면 《세상의 용도》는 무엇보다도 '지혜의 책'이기 때문이다. 세상을 어떻게 이용할 것인지를 설명해주는 삶의 교과서이기 때문이다. 또한 그것은 20세기판 '경이의 책'이기도 하다.

모든 것은 1929년 제네바에서 시작되었다. 니콜라 부비에는 높은 교양을 갖춘 부유한 부르주아지 집안에서 태어났다. 그의 부모들은 토마스 만이라든가 마르그리트 유르스나르(부비에는 그녀를 존경했다), 로베르트 무질, 헤르만 헤세를 손님으로 맞았다. 니콜라 부비에가 쓴 〈테사우루스 파우페룸〉이라는 글을 보면, 가족의 근원에 대한 깊은 애착과 거기서 벗어나고 싶은 잠재된 욕망이 동시에 표현되어 있다. 그는 대입자격시험을 보고 난 뒤로 산스크리트어와 중세사를 공부했고, 처음으로 여행을 했으며(이탈리아, 핀란드, 사하라, 터키), 최초로 글을 썼다. 그러고 나서 드디어 1953년에 오랜 시간 준비해온 긴 여행을 분신이나 마찬가지인 티에리 베르네와 함께 떠나게 된다. 그리고 길은 계시를 주기도 하지만 또한 고통도 안겨준다. 여행은 값비싼 대가를 치러야만 하는 것이다. 우리가 여행을 하는 것은 무슨 일인가 일어나서 자신을 변화시키도록 하기 위해서다. 그렇지 않다면 그냥 집에 있는 게 차라리 낫다. 니콜라 부비에는 나중에 이렇게 썼다.

당신을 파괴할 권리를 여행에 주지 않는다면 여행은 당신에게 아무것도 가르쳐주지 않을 것이다. 그것은 이 세상만큼이나 오래된 꿈이다. 여행은 마치 난파와도 같으며, 타고 가던 배가 단 한 번도 침몰하지 않은 사람은 바다에서 다시는 돌아오지 못할 것이다.

《세상의 용도》는 둘이서 카불까지 갔던 이 여행의 첫 부분을 이야기한다. 그리고 나서 부비에는 1955년에 혼자 인도에 이어 실론(스리랑카)까지 갔다. 그는 여기서 1년 가까이 머무르면서 광기와 우울증, 알코올을 경험했다. 여행의 위험은 경계를 살짝 건드리는 것이다. 그는 25년 뒤 그의 작품 중에서 가장 매혹적이면서 가장 비통한 《물고기-전갈》이라는 작품을 통해 거기에 관해 이야기한다. 죽음의 유혹에서 벗어난 그는 실론을 떠나 일본에 정착, 1년 동안 사진작업으로 먹고 살며 글을 썼다. 3년 동안의 여행을 마친 그는 1956년 말 스위스로 돌아가서 결혼을 하고, 제네바 근처의 콜리니라는 곳에 자리를 잡는다. 그는 도상학자로 일하면서 3만여 점 이상의 개인 수집품을 모으는 한편, 《세상의 용도》를 고치고 또 고쳤다.

여행자는 무엇보다도 여유를 가져야 하고, 자기가 있는 나라에 깊이 빠져들어야 하며, 완전한 가용可用 상태에 놓여야 한다. 니콜라 부비에는 눈이 내리는 이란에서 6개월 동안 겨울을 보내야만 했고, 소형 피아트 자동차 엔진을 며칠에 걸쳐 다시 조립해야 했으며, 터키로 가는 길이 워낙 더워서 오래 고생해야 했다. 그러면, 그리고 오직 그때에만 여행은 여행자에게 그에 관한 무엇인가를 가르쳐줄 수 있다.

《세상의 용도》가 출판되고 나서 니콜라 부비에와 그의 아내, 그리고 그의 큰아들은 일본으로 가서 1년 동안 머물렀다. 그는 이때의 체험을 《일본》이라는 책 속에서 이야기하고 있으며, 다시 짧은 한 장을 덧붙여 《일본 연대기》를 펴냈다. 그리고 오랫동안 출판되지 않고 있던 이 책의 일부분은 《공허와 충만》이라는 제목으로 출간되었다.

니콜라 부비에는 1970년에 혼자 다시 일본으로 갔고, 죽기 직전에 다시 이 나라를 찾아갔다. 그는 또한 중국과 한국, 아란 제도(아일랜드의 서쪽 골웨이 만에 위치한 세 개의 섬)를 여행하기도 했다. 그는 계속해서 사진을 찍었고, 그의 사진 작품은 최근 들어 체계적으로 정리되기 시작했다.

1990년대 들어 니콜라 부비에는 '감탄할 만한 여행자들'이라는 주제로 생말로에서 열린 북페어에서 한 세대의 작가 전체가 '대가大家'로 간주하는 영광을 안았다. 오마주 기간이 마련되어 영화 〈부엉이와 고래〉(파트리샤 플래티너가 니콜라 부비에의 동명 작품을 원작으로 만든 다큐영화)가 상영되었고, 대화집 《길과 궤주》가 출간되었다. 부비에는 그 뒤로도 미국과 일본을 여행하다가 1998년 2월 암으로 세상을 떠났다. 그가 마지막으로 쓴 유고작은 《밖과 안》이라는 시집으로서 가장 간결하면서도 가장 비통한 현대시가 묶여있는데, 그것은 인간과 죽음의 대면이었다. 작가이자 사진가이자 고문서학자였던 니콜라 부비에는 또한 시인이기도 했다.

지난 2004년 7월 갈리마르 출판사는 무려 1560쪽에 달하는 그의 전집을 발간하였다.

옮긴이 이재형

출생(1929)

제네바 인근에서 3남매의 막내로 출생. 매우 엄격하면서도 지적인 가풍에서 자라난다. 그의 부모들은 토마스 만이라든가 마르그리트 유르스나르(부비에는 그녀를 존경했다), 로베르트 무질, 헤르만 헤세를 손님으로 맞았다.

어린 시절

아버지는 도서관 사서였고, 어머니는 "가장 실력 없는"요리사였다고 한다. 여섯 살에서 일곱 살 사이에 쥘 베른, 커우드James Oliver Curwood, 스티븐슨Robert Louis Balfour Stevenson, 잭 런던, 페니모어 쿠퍼James Fenimore Cooper의 작품들을 탐독한다.

청소년기

열일곱 살 때부터 부르고뉴와 토스카나, 플랑드르, 사하라, 라포니, 아나톨리아 등지를 여행한다. 동시에 제네바대학에서 문학과 법을 전공하면서 산스크리트어와 중세사에 관심을 가졌다가 결국은 마농 레스코와 몰 플랜더즈의 비교 연구를 주제로 학위논문을 쓸 계획을 세운다.

카이바르 고개(1953~1954)

대학학위시험 결과를 채 기다리지도 않은 채 1953년 6월 친구 티에리 베르네와 함께 피아트 토폴리노 자동차를 타고 출발한다. 첫 번째 목적지는

발칸반도였다. 1954년 12월까지 계속된 이 여행은 두 사람을 터키와 이란,
파키스탄으로 데려가고, 티에리는 카이바르 고개를 얼마 남겨놓지 않고
여행을 중단한다. 니콜라 부비에는 혼자 여행을 계속한다. 몇 년 뒤 《세상
의 용도》가 탄생한다.

실론(1955)

니콜라 부비에는 혼자서 아프가니스탄과 인도를 거쳐 실론에 도착한다.
이곳에서 그는 어찌할 바를 모른다. 고독과 더위가 그를 덮친 것이다. 그는
일곱 달 뒤에서야 이 섬을 떠나고, 30년 뒤에서야 《물고기-전갈》이라는
책과 더불어 이 모험의 무게를 떨친다.

일본(1955-1956)

그는 실론에 이어 또 하나의 섬 일본으로 떠난다. 그는 일본에 매혹되어 몇
년간 머무른다. 그는 1970년 이곳에 세 번째 체류하고 난 뒤 《일본 연대
기》를 쓴다. "일본은 작은 것의 입문이다. 여기서 너무 많은 것을 가지고
있으면 좋은 소리를 못 듣는다."
이때 우리나라도 방문하여, 부산과 대구, 한라산 등을 여행한다.

"우리를 조금 파괴할 권리를 여행에 남겨두지 않는다면 차라리 집에 남아
있는 게 낫다." 《한라산으로 가는 길》

마지막 여행(1998)

1998년 2월 17일, 암으로 사망.

수상과 저서

1995년 니콜라 부비에는 그의 작품 전체에 대해 그랑프리 라무즈상(작품 전체에 대해 수여하는 스위스의 문학상)을 수여받는다. 이것은 크리티크상(파리, 1982)과 벨 레트르상(1986)에 이은 세 번째 수상이었다. 또한 1991년 '감탄할 만한 여행자들Étonnants Voyageurs' 이라는 주제로 열린 생말로 북페어에서 여행문학의 대가로 선정되어, 오마주 기간 동안 그의 책이 전시되고 영화가 상영되었다. 생말로 북페어는 2007년 뛰어난 여행작가에게 수상하는 '니콜라 부비에상'을 제정하여 지금까지 해마다 수상자를 내고 있다. 2004년 프랑스 갈리마르 출판사에서 전집이 발간되었다.

《세상의 용도》(1963) , 《일본 연대기》(1975), 《한라산 가는 길》(1994), 《물고기-전갈》(1982), 《아란과 다른 곳의 일기》(1990), 《부엉이와 고래》(1993), 《안과 밖》(1998), 《방황과 영원 사이에서, 세계의 산들에 관한 시선》(1998), 《몸, 세계의 거울》(2000), 《이미지의 역사》(2001), 《여행자의 눈》(2001), 《전집》(2004)

《세상의 용도》 서평들

〈르 몽드〉, 쟈크 뫼니에

그의 산문은 브뢰겔과 샤갈을 생각나게 한다. 그의 여행 수첩은 둥글둥글한 단어들과 뜨거운 단어들, 우주를 만들어내는 단어들로 가득 차 있다. 이여행 작가의 성공은 여행자로서의 자질이 그의 작가로서의 자질을 무력화시키지 않았다는 데 있다. 체험은 그의 시선을 날카롭게 만들고 글의 군더더기를 덜어내게 했다.

Kafkaiens Magazine

이 너무나도 아름다운 책을 읽으면서 독자들은 코르토 말테즈와 레비-스트로스를 떠올리게 될 것이다.

Critiques Libres

여행문학이라는 장르를 처음 접해본 나는 이 책에 매료되고 말았다. 나는 여행문학 장르에서 가장 잘 쓰인 책을 처음으로 접했다. 니콜라 부비에의 이 책은 여행문학 애호가들 사이에서 컬트북이 되었다.

avoir-alire.com

이야기와 풍경, 색깔, 냄새로 가득 찬 책. 아름다워지기 위해서 삶은 여유를 가져야 하고, 실수를 인정해야 하며, 시와 음악, 웃음을 먹고 살아야 한다. 또한 스스로를 채우기 위해서 삶은 늘 깨어 있어야 한다.

아마존 프랑스

나는 최근 들어 이 작가를 발견하였다. 정말 운이 좋았다! 순수한 행복이었다! 특히 이 책에는 단어들의 결합과 문장들의 균형이 존재한다.

프랑스어로 쓰인 가장 아름다운 이 책은 단어들이 폴라로이드 사진이 되는 여행 속으로 우리를 데려간다. 별다른 일은 일어나지 않지만, 존재의 행복은 바로 이 '평범함' 속에 있다.

니콜라 부비에 Nicolas Bouvier

1929~1998. 작가이자 사진가이자 고문서학자, 시인. 제네바 인근에서 3남매의 막내로 태어났다. 아버지는 도서관 사서였고, 어머니는 '가장 실력 없는' 요리사였다. 열일곱 살, 대학입학자격시험 후 첫 여행을 했고, 제네바대학에서 문학과 법을 전공하면서 산스크리트어와 중세사에 관심을 가졌다. 학위논문 결과를 기다리지도 않은 채 1953년 6월 친구 티에리 베르네와 함께 피아트 토폴리노 자동차를 타고 인도로 출발했다. 둘의 여행은 아프가니스탄 카불에서 중단되지만, 혼자서 여행을 계속하여 인도와 실론으로 간다. 이후 니콜라 부비에는 여행작가로서의 삶을 살아간다. 1982년 파리비평가상, 1995년 작품 전체에 대해 그랑프리 라무즈 상을 수상했다. 전세계를 여행하며 저술작업을 하다가 1998년 2월 17일 암으로 사망했다. 《세상의 용도》《일본》《물고기-전갈》등 십여 권의 책을 냈으며, 2004년 갈리마르 출판사에서 전집을 발간했다.

이재형

한국외국어대학교 프랑스어과를 졸업하고 한국외국어대학교, 강원대학교, 상명여자대학교 강사를 지냈다. 옮긴 책으로 《부엔 까미노》《어느 하녀의 일기》《걷기, 두 발로 사유하는 철학》《패자의 기억》《꾸뻬 씨의 사랑 여행》《사회계약론》《시티 오브 조이》《군중심리》《마법의 백과사전》《지구는 우리의 조국》《밤의 노예》《최후의 성 말빌》《세월의 거품》《신혼여행》《레이스 뜨는 여자》《눈 이야기》등이 있다. 현재 파리에서 번역, 저술 작업을 하는 틈틈이 도보여행가로서의 삶을 살고 있다.